하루키,
하야오를
만나러 가다

MURAKAMI HARUKI, KAWAI HAYAO NI AINI IKU
by Hayao Kawai & Haruki Murakami

copyright©1996 by Hayao Kawai & Haruki Murakami

Originally published in Japan in Japanese
by Iwanami Shoten, Publishers, Tokyo in 1996.
This Korean edition published in 2004 by Munhaksasang, Inc.
by arrangement with Iwanami Shoten, Publishers, Tokyo
through The Sakai Agency, Inc., Tokyo and Bookpost Agency, Seoul.

■ **일러두기**

이 도서는 2004년 10월 5일 초판 발행된 《하루키, 하야오를 만나러 가다》를 시대의
흐름에 따라 수정 보완하여 새롭게 발행한 2018 개정판입니다.

하루키, 하야오를 만나러 가다

무라카미 하루키 · 가와이 하야오 지음
고은진 옮김

문학사상

contents

가와이 하야오 씨와 나눈
기적 같은 대화

무라카미 하루키

가와이 하야오 씨와는 미국에서 사는 동안 여러 번 대화를 나눌 기회가 있었다. 외국에서 살다 보면 일본에 있을 때에는 좀처럼 만나기 어려운 분과 만날 기회가 생기기도 한다. 나는 당시 《태엽 감는 새》라는 매우 긴 장편소설을 쓰고 있어 그 이야기의 깊은 안개 속에 푹 빠져 있는 상태였다. 내 이야기가 나와 함께 어딘가를 향해 나아간다는 것은 알 수 있었으나 그 '어딘가'가 어디인지는 도무지 알 수가 없었다. 모든 것이 복잡하게 뒤엉켜 있어서 쉽게 구분할 수 없는 상태였다. 게다가 현실과 이야기가 군데군데에서 희미하게 뒤범

벽되어 있었다. 3년쯤 정리를 하지 않아 뒤죽박죽되어 있는 벽장을 떠올리면 이해가 될 것이다.

하지만 그럴 때 가와이 씨와 마주 앉아서 이런저런 이야기를 나누다 보면(소설에 관한 이야기는 거의 하지 않았지만), 머릿속에서 뒤엉켜 있던 실타래가 풀리는 것 같은 묘한 느낌이 들었다. '치유된다'라고 하면 과장되게 들릴지도 모르지만 아무튼 숨통이 트이는 것 같았다. 이렇게 말하면 좀 뭣하지만, 그는 특이한 사람이다. 열렬한 팬이라고 할까, 그를 따르는 신도가 많은 것도—내 주변에도 몇 사람 있다—당연하다고 생각한다.

가와이 씨와 마주 앉아서 이야기를 나누다 보면 나는 늘 감탄하게 된다. 그는 결코 자신의 생각대로 상대를 움직이려 하지 않기 때문이다. 상대의 생각이 자발적으로 움직이는 것을 방해하지 않으려고 세심한 주의를 기울이고, 상대의 움직임에 맞춰 자신의 위치를 조금씩 바꾼다. 예를 들면 내가 그때 소설을 쓰고 있다는 것을 알게 되자 나를(혹은 내 작품을) 유도할 가능성이 있는 말은 아예 꺼내지 않고 작품과는 아무 관계도 없는 이야기를 주로 했다. 그러면서도 자연스러운 생각의 흐름이 몇 가지 있다는 것을 시사하여 결과적으로는 나스스로 그것을 발견하게 했다. 적어도 나는 그렇게 느꼈다.

그럼으로써 은연중에 나를 많이 격려해 주었다고 생각한다. 나는 이론가라기보다는 실천가 타입의 사람이며 작가이다. 때문에 전문적인 '실천가'로서의 가와이 씨의 자세에 공감이 가는 점이 많았다. 특히 가와이 씨의 빠른 사고방식의 전환과 초점을 하나로 정했을 때의 예리한 의식의 집중력에 관해서는 이야기를 나누면서 줄곧 감탄했다.

그러나 이번에는 나도 소설을 무사히 끝냈고, 이전처럼 '이런 부분은 가능한 한 회피하자'라는 출입 금지 구역 같은 것도 존재하지 않았다. 이 책의 제목에도 나타나 있는 것처럼 나는 신칸센 열차를 타고 가와이 씨가 살고 있는 교토로 찾아갔다. 그리고 이틀 밤에 걸쳐 많은 이야기들을 마음껏 나눴다. 대화도 특별히 격식을 갖춘 '대담' 형식이 아니었다. 느긋하게 세상 돌아가는 이야기를 나누거나 맥주를 마시고 맛있는 음식을 먹기도 했다. 우리는 시시한 농담을 주고받으면서(꽤 많이 웃은 것 같다) 머리에 떠오르는 것을 그대로 이야기했다. 가능하면 어려운 말은 쓰지 않으려고 노력했다—하긴 본래 어려운 말은 잘 모르지만.
이번 우리의 대화는 "이런 것을 이야기합시다"라고 사전에 준비하지도 않았다. 대화를 녹음한 테이프를 틀어 놓고 받아 적으면서도 가능한 한 원래 대화에 손을 대지 않았다. 대화의 자연스러운 흐름을 방해하고 싶지 않았기 때문이다. 그 이상으로 자세히 이야기하고 싶거나 설명을 추가하고 싶은 것이 있으면 서로 각주의 형태로 덧붙였다. 솔직히 말해서 이 정도로 자연스럽게 제대로 된 이야기를 할 수 있었던 것은 선천적으로 말주변이 없는 나로서는 무척 드문 일이다. 기적이라고 해도 좋을 정도다. 이것은 가와이 씨가 천재적으로 남의 이야기를 잘 들어주는 사람이었기 때문에 가능한 일이었다.

이와나미 쇼텐岩波書店의 편집자도 종종 대화에 동참했다. 내 아내(교토에 가보고 싶다고 해서 따라왔다)와 때마침 일본에 와 있던 하버드대학교의 제이 루빈 교수가 게스트 형식으로 참여하기도 했다. 그러나 이야기의 흐름을 매끄럽게 하기 위해서 이 책에서는 가와이 씨와 나의 대화만을 실었다.

책 제목을 무엇으로 해야 할지 여러모로 생각했으나, 결국 《하루키, 하야오를 만나러 가다》보다 좋은 제목은 생각나지 않았다. 단순하면서도 요점을 잘 나타내고 있다고 생각한다. 왠지 어떤 이야기의 시작 같은 느낌이 들지 않는가.

하루키, 하야오를 만나러 가다

첫째
날 밤

'이야기'를 만들고
'이야기' 속에 사는 것

사회로부터 초연할 수 있는가?

무라카미 저는 미국에서 4년 반가량 생활하다가 몇 개월 전 일본으로 돌아왔습니다. 일본을 떠나기 전에 비해 지금은 제 내부의 여러 가지 문제들이 크게 변해 버렸다는 것을 강하게 느낍니다.

한 가지 예를 들면 저는 일본에 있는 동안에는 몹시 '개인'으로 존재하고 싶었습니다. 요컨대 사회나 조직, 단체, 규제, 그런 것들로부터 도망치고 싶다는 생각이 아주 강했지요. 대학을 나온 뒤에도 회사에 취직하지 않고 글을 쓰면서 살아왔습니다. 문단 같은 데에 관련되는 것도 골치가 아파서 그냥 저 혼자 소설을 썼어요.

유럽에 3년 정도 있다가 일본으로 돌아와서 1년 정도 머물렀습니다. 그리고 다시 미국으로 가서 3년 쯤 지났을까요? 미국 생활이 끝날 무렵이 되니 오히려 저 자신의 사회적 책임감에 대해 좀 더 깊이 생각하게 되더군요.

특히 미국에서 느낀 것은 미국에서는 더 이상 개인으로 존재하기 위해 도망칠 필요가 없다는 것이었습니다. 원래 개인으로 살아가는 곳이니까요. 제가 추구하는 것이 거기서는 의미를 갖지 못하는 거죠.

가와이 그거 참 재미있군요. 나도 교육계 사람들에게 자주 말하곤 합니다. 요즘의 학교 교육은 개인을 중요하게 생각하자거나 개성을 키워 나가자는 것이더군요. 커다랗게 써서 교실에 붙여 놓기도 하고요. 내가 "미국에서는 이런 말은 아무 데도 붙어 있지 않습니다"라고 하면 모두 깜짝 놀랍니다.

"미국에서는 개성이 중요하잖아요?"라고 상대가 물으면 그런 건 당연한 얘기라 구태여 써 붙일 필요가 없다고 대답하지요.

일본에서는 교장 선생님이 "개성을 중요하게 생각합시다"라고 말하면, 모두가 "네!"하고 대답합니다. 그리고는 "모두 함께 개성을 키워 나갑시다"라면서 자기도 모르는 사이에 모두 하나가 되어버려요. 그 정도로 일본에서는 개인이라는 것을 이해하기가 어려운 상황이지요.

얼마 전에 재미있는 경험을 했습니다. 일본의 학교가 좀 더 국제적이 되어야 한다는 취지에서 교육의 국제화를 추진하고 있는 학교에 대한 소개문을 보게 되었어요. 그 글 가운데 도덕 교육에 대한 이야기가 있었거든요. "'미안합니다'는 매우 중요한 말이니까, 자신이 나쁜 일을 하지 않았더라도 '미안합니다'라고 말하는 것이 중요하다"는 문장이 있더군요. 선생님도 그렇게 가르치고 있고요. 그러나 자기가 나쁜 짓을 했을 때를 제외하고는 '미안합니다'라고 말하지 않는 문화도 있다는 것은 전혀 가르치지 않습니다. 단지 인간관계를 원만히 하기 위해서 '미안합니다'라는 말이 매우 중요하다고 도덕 시간에 그렇게 가르치는 거죠.

일본인이 개인이라는 것을 체험하고 느끼는 것은 정말 어려운 일 아닐까요?

무라카미 요즘 들어 개인과 관계라는 개념에 대해 자주 생각합니다. 소설을 쓸 때도 관여나 헌신, 개입이 굉장히 중요한 비중을 차지하게 되었어요. 이전에는 무심함이나 무관심이 중요했지만요.

가와이 네, 이해가 갑니다.

무라카미 그런데 언제부터인가 조금씩 달라지더군요. 외국에서 생활하며 경험한 것이 큰 영향을 미친 것 같아요. 하지만 가장 큰 문제는 무엇과 관계를 맺느냐는 것입니다.

미국에 있는 동안 무엇에 헌신하고 관계를 맺으면 좋을지, 지금부터 어떻게 하면 좋을지 저는 꽤 심각하게 생각했습니다. 그런데 일본에 돌아와서도 여전히 같은 문제로 고민하게 되더군요. 곰곰이 생각해 보니까 일본에서는 아직 무언가에 관여하거나 헌신을 할 때의 규칙이랄 것이 없는 것 같습니다.

가와이 그래요. 그래서 서양인의 생각하는 것처럼 일본에서 어설프게 관계를 맺었다가는 따돌림 당하기 십상이죠.

무라카미 그렇죠. 잘못하다가는 바닥이 없는 깊은 늪 속으

관계와 헌신에 대해

저는 소설가가 되고 나서 얼마 동안은 주로 무관심한 것, 냉담한 것에 관심을 가졌습니다. 그건 단순히 '커뮤니케이션의 부재' 같은 맥락에서 '관계됨의 부재'를 그리려고 했던 것이 아닙니다. 개인적인 '무관심'의 측면을 점점 더 추구함으로써 여러 가지 외부적 가치(일반적으로 '소설적 가치'라고 여겨지는 것)를 제거하고, 지금 자신이 서 있는 장소를 제 나름대로 명확히 해나가려는 의도가 있었기 때문입니다.

물론 그 시기의 제가 "그냥 좀 내버려 뒀으면 좋겠다"는 경향이 특히 강했던 것(그렇게 된 것은 본래의 성격에다 몇 가지 구체적인 일들이 더해진 것이

로 빠져들게 돼요. 학생 운동이 한창이던 1968년 무렵부터 개인적으로 무엇에 헌신하느냐 하는 것이 제게는 큰 문제였습니다. 당시 저에게 뚜렷한 정치의식이 있었던 것은 아닙니다. 하지만 명확하다고는 할 수 없는 의식을 가지고 어떻게 헌신하느냐 하는 방법론에 이르면 선택의 여지가 아주 적었어요. 그건 비극이라는 생각이 들었지요.

결국 그 무렵이 우리들 세대에게는 관여와 헌신의 시대였던 겁니다. 그런데 파괴되어야 마땅한 것이 파괴되고 나자 헌신은 순식간에 무관심이 되었어요. 그것은 저뿐만이 아니라 제 세대에게 공통된 현상 같습니다.

가와이 요즘의 젊은이들도 무관심과 무심함의 분위기가 매우 강합니다. 극단적으로 말하자면 헌신하는 녀석은 바보라고 생각하는 게 아닐까 싶을 정도에요. 다들 무관심을 쿨

원인이었습니다)은 사실이지만요.
하지만 계속 글을 써나가는 동안 언제부터인가 그런 경향은 조금씩 달라졌습니다. 아마 오랜 기간 외국에 나가 있던 영향도 클 겁니다. 그것이 좋다 나쁘다를 떠나서, 매일매일의 현실적인 생활 속에서 사물을 보는 관점을 전환하도록 절실하게 강요당하는 체험이 갖는 의미는 결코 작지 않았을 겁니다. 물론 나이를 먹으면서 제 내부에서 여러 가지가 자연스럽게 처리되고 치유되기도 했겠지만요. (무라카미)

하고 멋진 것으로 생각하고 있어요.

무라카미 1995년에는 옴진리교 사건과 한신 대지진이 있었죠. 그것이야말로 관여와 헌신의 문제입니다.

가와이 그렇죠. 엄청난 반동 같은 것이 나타났습니다. 늘 무관심하고 냉담한 상태인 것 같던 젊은이들이 아주 열심히 타인의 문제에 관여하기 시작한 거죠. 고베에 모여든 젊은 자원봉사자가 예상 외로 많았습니다. 그동안 잠재적으로 무엇인가에 관계되고 싶어 하던 일본인들의 생각이 지진과 옴진리교 사건 때문에 표면으로 드러난 것이지요.

무라카미 그렇습니다. 둘 다 일상적인 상상력을 뛰어넘은 사건이었죠. 일반적이지 않은 상황이 발생하자 비로소 그런

관계와 헌신에 대해

무라카미 씨의 〈관계와 헌신에 대해〉를 읽고 생각난 것이 있습니다. 1965년 스위스에서 귀국했을 무렵 나는 농담 삼아 융 연구소에서 배워 온 '세 가지의 C'라는 말을 하곤 했습니다. 그것은 콤플렉스complex.열등감, 강박 관념, 컨스 틸레이션constellation, 무리, 집합, 커미트먼트commitment, 현실 참여, 개입, 관계로 모두 C로 시작되는 단어입니다. 여기서는 커미트먼트 즉, 관여, 헌신에 대해서만 이야기하겠습니다.

분석가는 '중립적'인 태도를 취해야 한다고 생각해서 다소 거리를 두는 경우가 있습니다. 그런데 나 자신이 분석을 받아 보니 분석가가 얼마나 자기 일에

생각이 밖으로 표출된 겁니다.

가와이 사실 그 점을 좀 더 깊이 연구해야 한다고 생각해요. 지진이 일어났을 때 일본의 젊은이들이 개입한 자원봉사 활동과 미국 등지에서 이루어지고 있는 자원봉사 활동이 어떻게 다른가 하는 점은 흥미로운 문제입니다. 일본의 경우는 일단 한 번 관계를 맺었다 하면 모두가 찰싹 달라붙어서 하나가 되는 특징이 있어요.

무라카미 학생 운동을 할 때도 그랬죠.

가와이 그래서 학생 운동이 한창일 때 나는 자주 학생들을 놀리곤 했어요. 너희들은 겉으로 보기엔 새로운 일을 하는 것 같지만, 체질적으로는 굉장히 낡았고 그룹을 만드는 방식도 굉장히 구닥다리라고 말입니다. 이것은 퍽 웃기는 일입니

크게 헌신하고 있는가를 잘 알 수 있었습니다. 헌신하지 않고서는 결코 분석 치료가 진행될 수 없다는 것을 배웠다는 것이지요. 본래 헌신이라는 것은 일반적으로 생각하는 것처럼 "무엇이든 해 주겠다"라든가 "최선을 다하겠다"라는 것이 아닙니다. 외견적으로는 오히려 냉담해 보이기도 해요. 다시 말해서 '조용하고 깊은 헌신'인 것입니다.
요즘의 젊은이들도 이 조용한 헌신이라는 개념을 알게 되면 아주 강력한 움직임으로 이어질 수 있을 것입니다. 머리뿐만 아니라 자신의 모든 것을 온전히 헌신하고 타인과 관계 맺는 방법을 배워야 합니다. (가와이)

다. 모두가 모일 때 어쩌다 빠지기라도 하면, 너는 인간관계가 나쁘다든가 하면서 개인의 자유를 허용하지 않아요. 모두와 끈적끈적하게 관계를 맺고 있는 사람이 훌륭한 사람이고, 자기 개인의 생각으로 무엇인가를 하려고 하는 사람은 이단이 됩니다.

하지만 유럽이나 미국 사람은 그런 경우 어디까지나 개인

일본에서 외부와 관계를 맺는 방법에 대해

일본에 돌아와서 '외부와 어떻게 관계를 맺을 것인가?'라는 문제에 직면하게 되었습니다. 이런저런 궁리를 많이 해보았지만 굉장히 어렵더군요. 구체적으로 몇 가지 시도해 보았지만, 저한테 딱 맞는 방법은 좀처럼 찾을 수 없었습니다.

하지만 가만히 생각해 보니까 이것은 제가 1968년에 맞닥뜨린 문제와 거의 같은 것이었습니다. 저는 그때도 같은 것을 느끼고 같은 것을 생각하고 있었던 것 같습니다. 똑같은 벽에 부딪쳤던 느낌이 듭니다. 그렇다면 저는 그저 한 바퀴 빙 돈 게 아닐까 싶기도 하네요.

결국 나라는 인간은 글을 쓰는 행위를 통해서 외부와 가장 효과적으로 관계를 맺을 수 있지 않을까 하는 단순한 결론에 도달합니다. 하지만 그것만으로는 부족한 것 또한 확실합니다. 아직 제 나름대로 고생을 해야 할 것 같습니다. 해답은 그렇게 쉽게 찾을 수 있는 게 아니고, 그것은 어떤 의미에서는 나라는 인간의 모습을 다시 만들어 나가는 것이기도 하기 때문이니까요.

한 가지 바람은 지금 하고 있는 오랜 시간이 걸리는 이 일이 그 해답을 저 자신에게 조금이라도 알려 주었으면 하는 것입니다. (무라카미)

으로써 관계를 맺고 헌신합니다. 그래서 참가할 수 있을 때는 하고 사정이 있을 때는 빠지기도 하죠.

무라카미 각자 다양한 사정을 갖고 자원봉사 활동에 참가하고 있으니 일주일에 세 번 참가할 수 있는 사람이 있으면 한 번밖에 참가하지 못하는 사람도 있기 마련이죠. 그런데 꼭 세 번 참가할 수 있는 사람이 괜히 으스대곤 하잖아요.

가와이 일본에서는 그런 일이 꼭 생겨나더군요.

한신 대지진과 마음의 상처

무라카미 고베에서는 심리상담이 많이 이루어지고 있나요?

가와이 꽤 많습니다. 이전과는 눈에 띄게 달라졌어요. 또 상담 전화를 개설했더니 전화를 거는 사람도 예상 외로 많았습니다. 이것 역시 옛날과 달라진 점일 겁니다.

특징적인 것은 나는 처음부터 예상한 일이긴 하지만, PTSD 발생이 유럽 등지에 비해 훨씬 적다는 겁니다.

무라카미 PTSD에 대해서 설명을 좀 해주시겠습니까?

가와이 'Post-Traumatic Stress Disorder'의 줄임말로

'심적 외상 후 스트레스 장애'라고 합니다. 큰 충격을 받은 사람이 한동안은 평소처럼 잘 견디다가 시간이 꽤 많이 경과된 후에 갑작스레 증상이 나타나는 현상이에요. 미국에서는 많이 있는 일이지요. 노스리지에 있는 친구들한테서 거기서 지진이 일어났을 때의 이야기를 들었습니다. 물론 PTSD는 일본에도 어느 정도는 있는 일이예요. 하지만 일본인들은 충격을 개인으로서 받아들이지 않고 전체로서 받아들이기 때문에 가족 간에 투덜투덜 말다툼을 하는 등의 형태로 나타납니다. 하지만 그중 누군가가 뚜렷하게 신경증적인 증상을 보이는 경우는 적어요.

나는 처음에는 이런 상황에 대해 다소 좋게 생각했어요.

지진과 마음의 치료

지진이 일어났을 때 나는 바로 마음의 치료에 관해 생각했습니다. 그러나 일본인 중에는 마음의 치료에 대해 언어화하는 걸 꺼리는 사람이 많습니다. 또 전체적인 인간관계로 받아들이는 사람도 있을 터이므로, 우리가 즉시 현지에 가는 것은 보류하기로 했습니다. 그래서 일본임상심리사회에서는 먼저 전화 상담을 시작하고, 그 건수가 많아지면 직접 상담하러 가기로 했지요.

전화 상담 건수가 예상 외로 많았기 때문에 임상심리사가 현지로 가게 됐습니다. 이런 식의 원조는 할 수 있었지만, PTSD의 발생은 처음에 예상했던 대로 서양에 비해 훨씬 적었습니다. (가와이)

하지만 곧 플러스 마이너스의 양면을 생각하게 됐습니다. 증상을 나타내는 사람이 적다는 것은 다시 말하면, 충격을 혼자서 받아들이고 고민할 힘이 없다는 것이기도 하니까요.

얘기가 옆길로 조금 새는 것 같지만, 임상심리사들이 대하는 사람들 중에 제일 곤란한 타입은 증상이 별로 나타나지 않는 사람이에요. 예를 들어 스스로 불안신경증이라고 하는 사람이 찾아오면 보기만 해도 굉장히 불안해하는 걸 알 수 있으니 대응할 방법이 있어요. 하지만 특별히 괴로워 보이지는 않는데 어딘가 정상이 아닌 것 같은 사람이 찾아오면 그 사람 본인만 보아서는 상태가 좋은지 나쁜지 알 수 없습니다.

그런데 그런 사람이야말로 주위 사람들을 고생시키고 있다는 거지요. 갑자기 나쁜 짓을 해서 문제를 일으키는 등 증상이라도 보이면 판단이 설 텐데, 왠지 모르게 모두를 힘들게 하는 사람이 있지요. 이런 경우에는 증상을 형성할 힘이 없다고 표현하기도 합니다.

무라카미 증상의 형태를 갖추지 못하는 거로군요. 말하자면 자신이 받은 상처라든가 정신적 외상, 즉 트라우마를 자기 내부에서 처리하지 못하는 것일까요?

가와이 그렇죠. 물론 대부분의 경우에는 정신적 충격을 자기 나름대로 처리하려다가 실패하기 때문에 증상으로 나타납니다. 하지만 증상을 드러내지 못하는 사람들은 상처를 혼자 힘으로 처리하지 않고 모두에게 나누어 주거든요. 상대방 탓으로 돌리기 때문에 서로 갈등을 겪게 되는 겁니다.

무라카미 그건 곧 '책임'이라는 것과 관계가 있는 게 아닐까요?

가와이 네, 맞습니다. 책임에도 개인의 책임과 집단의 책임이 있잖아요? 일본의 경우는 집단의 책임이랄까 지역에 따른 책임이니까요. 그래서 고베에서 지진이 일어났을 때도 그것을 자연스럽게 고베 전체의 일로 받아들인 겁니다.

그런데 서양인들은 어디까지나 개인의 책임으로 여기기 때문에 정면으로 받아들여요. 그렇지 못한 사람은 노이로제에 걸리기도 하죠.

무라카미 하지만 그러면서도 그걸 극복해 나갈 수 있는 사람은 강해지는 거겠지요.

가와이 그렇습니다. 최근 모래놀이치료학회의 일로 미국에 갔는데 거기서 매우 안타까운 이야기를 들었어요. 아직 일본에서는 보기 드문 사례입니다. 아버지가 자식을 버리고 집을 나간 후, 엄마마저 자식을 내팽개치고 다른 남자와 결혼하는 바람에 아이들이 천애고아가 되었다거나, 겉보기에는 부모와 함께 살고 있는 것 같지만 실제로는 전혀 혈연관계가 아닌 사례도 있었습니다. 부모가 이혼을 해서 아버지와 함께 살게 되었는데 아버지가 다른 여자와 재혼을 한 후에 집을 나가버린 경우, 의붓어머니가 다시 다른 남자와 결혼을 하면 자신과는 전혀 피가 섞이지 않은 부모가 생기는 겁니다. 그런 아이는 말이 없어지거나 폭력을 휘두르기도 합니다. 그런데 그게 치유되는 겁니다. 엄청난 힘으로 말이죠.

일본인의 경우는 울면서 "왜 나만 이렇게 불행한가" 하고 불평만 늘어놓을 뿐입니다. 결국 스스로 극복해 나갈 수밖에 없는 문제라고는 좀처럼 생각하지 않아요. 불행의 책임이 자신만의 것이 아니라고 여기니까요. "내 불행을 어떻게든 해결해 주세요"라는 식이기 때문에 잘 치유되지 않는 겁니다.

모래놀이치료란?

모래놀이치료는 스위스의 도라 칼프에 의해 창시된 심리치료법입니다. 환자에게 모래 상자 속에서 여러 가지 미니어처를 가지고 작품을 만들게 하는데, 그런 표현 활동을 통해서 자기 치유력이 작용하여 치유가 됩니다. 1965년에 내가 일본에 소개한 이래 다른 나라보다 일본에서 특히 발전했고, 나는 칼프 여사의 뒤를 이어서 제 2기 국제모래놀이치료학회의 회장을 맡았습니다. 모래놀이치료를 지도하기 위해 해외에 나가는 일이 많습니다. (가와이)

언어적 표현과 이미지로서의 투영

무라카미 미국인이 모래놀이치료를 하는 과정을 보고 있으면 그 치료법이 병을 치유해 가고 있다는 것을 알 수 있습니까?

가와이 네, 아주 잘 알 수 있습니다. 그것은 확실해요.

무라카미 일본인이 회복되는 상황보다 논리적인가요?

가와이 아니, 꼭 그렇다고만은 할 수 없습니다. 미국인 역시 아주 심각한 체험을 하니까요. 그 심각한 체험을 스스로 파헤치며 치유해 나갑니다. 그들은 상처도 깊게 받지만 그 깊은 상처에서 벗어나는 힘도 강합니다.

하지만 일본인의 경우는 그렇게 깊은 상처를 받기 전에 어디선가 구원의 손길이 뻗쳐오기 때문에 극단적인 예는 적지요. 일본에서라면 두 번 다시 일어서지 못하는 게 아닐까 싶을 정도로 철저하게 상처받은 사람들이 미국에서는 다시 꿋꿋이 일어서곤 합니다.

모래놀이치료는 이미지를 이용해 진행되는 치료이니만큼 일본인들이 이해하기가 매우 쉽지요. 그래서 일본에서 특히 발전했을 겁니다. 나는 모래놀이치료가 처음 생겨난 유럽에 그 성과를 돌려주고 미국에서도 통용되었으면 해서 열심히

일본인과 모래놀이치료

모래 상자 속에 정원을 만드는 것이나 이야기를 만들어 내는 것은 같은 일이라고 할 수 있습니다. 그러나 모래놀이치료는 비언어적입니다. 일본인은 말로 표현하지 않는 것에 익숙하지요. 때문에 일본에서 특히 모래놀이치료가 발전했다고 봅니다.

서양인이 모래놀이치료를 할 경우에는 정원을 만든 후에 본인이 스스로 "이것이 '나'이고, 이 돌은 '아버지'를 의미합니다", "이 나무는 '어머니'를 나타내고 있습니다" 등등 결국은 언어를 사용해서 설명합니다. 언어와 떨어지기가 쉽지 않은 모양이지요.

거기에 비해 일본인은 "왠지 모르게"라든가 "재미있으니까"라면서 설명 없이 사물을 배치합니다. 그것이 결과적으로는 깊은 의미를 가진 표현이 되기도 합니다. (가와이)

노력하고 있어요.

왜냐하면 현재 미국의 일반적인 심리치료는 이른바 '과학적'인 것이기 때문입니다. 목구멍을 무엇인가가 꽉 막고 있는 것 같아서 음식을 먹지 못하는 경우를 생각해 봅시다. 의학적으로는 아무 이상도 없지만 아무튼 뭔가가 틀어막고 있는 듯해서 물도 삼키기 힘들다는 사람이 있으면, 미국에서는 "도대체 무엇 때문에 막힌 건가"라든가 "당신은 말하고 싶지 않은 게 있는 것 같다"라며 철저하게 언어를 사용해서 그 원인을 찾아 해결하려고 해요.

그런데 일본인은 그런 건 하나도 묻지 않습니다. 환자가 찾아오면 그저 "힘드시겠습니다", "모래놀이치료를 해 보시겠습니까?"라고 합니다. 그렇게 하면 환자 자신도 모르는 사이에 그 꽉 막혔던 것 같은 응어리가 사라지기도 합니다.

나는 요즘 환자가 상담 받으러 와도 분석은 거의 하지 않아요. 전에는 분석으로 꽤 많은 걸 알아냈는데 요즘에는 별로 그러려고 하지 않습니다. 아무것도 하지 않고, "아, 그래요"라고 대꾸만 할 뿐인데, 이렇게 하는 것이 오히려 효과가 좋은 것 같아요.

이것은 내가 미국인에게 강조하고 있는 방법이기도 합니다. 모든 것을 분석해서 언어화해야만 치유할 수 있다는 이론에는 수긍하기 어려워요. 언어로 분석하는 방법은 자칫 잘못하면 상처를 더 깊어지게 할 수도 있으니까요.

일례로 "목구멍에 뭐가 끼어 있어요"라고 말하는 사람에게 "뭔가 하고 싶은 말이 있는 모양이군요. 큰맘 먹고 말해보세요"라고 했더니 "사실은 아버지를 죽이고 싶습니다"라고 대답했다고 합시다. 그러면 그 사람은 그런 말을 함으로써 상처를 입게 됩니다. 자신이 의식적으로 그런 생각을 한 게 아니라고 해도 아버지를 죽이고 싶다는 사실 때문에 다시 상처를 입는 것입니다.

그런데 모래놀이치료를 이용하면 그런 과정이 상징적으로 나타나지요. 완전히 분석하려고 하는 것과 언어화하지 않

언어화에 대해서

이런 내 태도는 때때로 '언어화'에 완전히 반대하고 있는 것처럼 오해를 받습니다. 하지만 그렇지 않아요. 나는 '언어화'를 중심으로 심리치료를 하거나 임상심리사의 '해석'만으로 치료가 된다고 생각하는 데는 반대합니다. 특히 '해석'을 할 때 자신이 근거로 삼는 이론(대부분의 경우 서양식 이론)을 기초로 하여 그 틀 속에 환자를 언어로 꿰맞추는 경우가 많습니다. 나는 여기에 반대하는 겁니다.

그러나 모래놀이치료나 꿈 등의 이미지에 의해 치료를 진행할 때는 치료자가 마음속에서 가능한 한 정확하게 언어화하고자 시도해야 합니다. 또 필요

고도 치유하는 것, 그 중간 지점에 모래놀이치료가 있는 겁니다. 저는 이 방법을 서양인에게도 사용해 보려고 노력하고 있어요.

언어적인 분석은 문제가 일반적인 의식 수준과 가까운 곳에 머물러 있는 사람에게는 효과가 있습니다. 그러나 매우 깊은 곳에 문제가 있는 사람은 언어적으로 분석하려고 하면 오히려 상처만 더 깊어질 뿐 치유되지 않는 경우가 있어요. 그래서 문제의 종류에 따라 방법을 달리해야 한다는 것이 내 생각이지요.

무라카미 문제를 밖으로 전혀 드러내지 않는 사람도 있습니까? 다시 말해서 문제가 있는데도 숨기고 나타내지 않는 사람 말입니다.

가와이 자신의 문제를 알고 있으면서도 숨기고 드러내지 않는 사람은 대단한 사람입니다. 그래서 우리는 말하고 싶지

에 따라서는(이것이 어렵습니다만) 환자에게 전달해야 합니다. 하지만 실제로 내가 하고 있는 심리치료 과정을 언어화하고 그것을 일반인에게 통할 수 있는 형태로 만드는 것은 무척 어려운 일이지요. 지금까지 나는 많은 책을 썼지만 일반인이 이해하는 쉬운 것만 썼다고 할 수 있습니다. 오히려 무라카미 씨가 《태엽 감는 새》에다가 내가 하는 일과 매우 밀접한 내용을 쓴 것 같습니다. 고마운 일이지요. (가와이)

않은 것은 말하지 않아도 괜찮다고 누누이 강조합니다. 말하고 싶지 않은 것을 3년 동안이나 말하지 않고 버텨서 마침내 치유된 사람도 있답니다.

무라카미 정말 대단하군요.

가와이 네, 우리도 상대방이 말하지 않고 견디고 있다는 걸 알고 있으니까요. 마지막에 가서야 털어놓거나, "끝까지 말하지 않고 참을 수 있었습니다"라고 하는 사람도 있습니다.

〈인생 상담〉란에 비친 미묘한 해답의 차이

무라카미 저는 신문의 〈인생 상담〉 코너를 좋아해서 미국에 있을 때는 빼놓지 않고 읽었습니다. 무척 재미있거든요. 일본과는 질문의 종류가 전혀 다르고 대답하는 방법도 다릅니다. 또 회답하는 사람도 아예 달라요. 일본의 〈인생 상담〉의 상담자는 이른바 지성인들이지요. 하지만 미국에서 그런 칼럼을 쓰는 사람들은 전문적인 어드바이저Adviser라고 할까, 수십 년씩 인생 상담을 전문으로 하는 사람들입니다. 그들은 전국의 신문에 글을 씁니다. 그래서 일본의 〈인생 상담〉 코너의 답변과는 전혀 다른 거죠.

가와이 그렇다면 비교 연구할 가치가 있겠군요.

무라카미 얼마 전에 재미있는 사연이 하나 있었어요. 벌거 벗은 채 집안일을 하는 주부의 이야기였습니다. 그 주부는 남편과 아이들이 나가면 옷을 전부 벗어던지고 집안일을 했다고 합니다. 그런데 어느 날 어떤 남자가 집에 침입해 그만 그 남자에게 강간을 당했어요. 그때까지는 나체로 집안일을 하는 인생을 무척 즐기고 있었는데 강간을 당한 후로 인생관이 바뀌어 버렸습니다. 세상을 몹시 어둡게 바라보게 되었으니 이를 어쩌면 좋겠느냐는 거죠. 이런 상담은 일본에서는 있을 수도 없겠지요.

여기에 답글을 쓴 사람은 여성 칼럼니스트였습니다. 벌거 벗고 집안일을 하는 것은 매우 기분 좋은 일이니 그 마음은 이해가 간다. 하지만 사회 상식으로 볼 때는 좀 극단적이기도 하고 그런 식으로 남성이 침입하여 강간당할 가능성도 있으니 위험하다는 식의 답변을 했어요.

그러자 반론이 대단했습니다. 자기도 나체로 집안일을 한다는 주부들한테서 투서가 줄줄이 날아든 겁니다. 이런 반응에 대해 칼럼니스트는 솔직하게 사과를 했지요. 나체로 집안일을 하는 주부가 그렇게 많을 줄은 미처 몰랐다, 그렇게 답한 것은 내 잘못이다, 그토록 많은 사람이 나체로 집안일을 한다면 그 사람들의 권리는 지켜져야 한다고 말이죠. 그들은 이렇게 대처하는 겁니다. 보면서 아주 재미있었어요.

칼럼니스트의 답변이 틀렸다고 생각하면 이런 식으로 전국에서 반응을 보입니다. 일본에서는 그런 일이 없잖아요.

가와이 없지요. 일본의 〈인생 상담〉 코너에는 과연 정말로 독자가 보낸 게 맞는지 의심 가는 내용도 있잖아요? 상담 편지가 오지 않을 때는 기자가 대신 쓰기도 하고요. 아무튼 〈인생 상담〉 코너 읽기를 좋아하는 사람이 많은 것만은 사실이지요.

무라카미 일본의 〈인생 상담〉 코너의 답변은 "네, 네"하고 수긍하든가, 아니면 꾸짖든가 둘 중 하나에요. 이건 이렇고 저건 저러니까 이렇게 하라는 식의 지나치게 논리적인 답변은 상담해 주는 사람도 별로 원하지 않는 걸까요?

가와이 그렇죠. 그런 식으로 답변을 해주면 '인정이 없다' 거나 '경험 해본 적이 없으니까 그렇게 쉽게 말할 수 있다'며 반발을 사기 십상이지요.

소설가가 되고 나서 깜짝 놀란 것

무라카미 소설을 쓰기 시작했을 무렵 저는 선배 소설가의 스타일을 모방하고 싶지는 않았어요. 그래서 일단은 기존 작가들의 스타일과는 완전히 반대로 해보리라고 마음먹었습니다. 일찍 자고 일찍 일어나 운동을 하고 체력을 단련한다, 문단과 관계를 맺지 않는다, 주문을 받고 소설을 쓰지 않는다. 이런 세세한 것들을 마음속으로 정하고 그대로 실천해왔습니다.

저 개인적으로는 일이 순조롭게 진행됐어요. 하지만 이런 식으로 계속하다 보니까 아무래도 사회적으로는 벽에 부딪

히게 되더군요. 이것이 제가 일본을 떠나기 전의 상황이었습니다.

저는 소설가가 되는 것은 매우 개인적인 행위라고 생각했습니다. 자기가 좋아하는 것을 쓰고 그것을 팔아서 번 돈으로 생활하는 거니까 다른 사람과 관계를 맺지 않아도 된다고 말이죠. 그런데 그게 아니었어요. 이 세계도 역시 일본 사회의 축소판이었습니다. 다만 저는 소설가가 될 때까지 그걸 몰랐던 거죠. 그래서 이런 사실을 알았을 때는 깜짝 놀랐다고 할까, 이상하게 느껴졌어요.

이런 일본적인 풍토 속에서 소설을 쓰는 것이 저는 몹시 괴로웠습니다. 현실적으로 잡무와 까다로운 일들이 너무 많아, 집중해서 작업하기가 점점 어려워졌습니다. 그래서 외국에 나가서 소설을 쓰고 싶어졌고 얼마 전까지 미국에서 지냈어요. 아까도 말씀드렸듯이 전혀 다른 풍토에서 2, 3년을 지내다 보니까 사고방식과 사물을 보는 관점이 조금씩 달라지더군요.

《태엽 감는 새》를 완성한 뒤, 왜 그랬는지 모르지만 '이제 슬슬 일본으로 돌아가야겠다'라는 생각이 들었어요. 미국 생활이 끝날 무렵에는 정말로 무척이나 돌아오고 싶었습니다. 특별히 그리운 무언가가 있는 것도 아니고 문화적으로 일본에 회귀하려는 것도 아니었어요. 그저 '소설가로서 내가 있어야 할 장소는 역시 일본이구나' 하는 생각이 들더군요.

그도 그럴 것이 일본어로 글을 쓴다는 것은 결국 사고 시스템도 일본어로 되어 있다는 말이니까요. 일본어 자체는 일본에서 만들어진 것이니 일본과 분리할 수가 없는 거죠. 그리고 아무리 노력해도 나는 영어로 소설을, 이야기를 쓸 수는 없다는 사실을 절실히 깨달은 겁니다.

가와이 그렇겠지요. 짧은 에세이 같은 거라면 몰라도 소설은 힘들 겁니다.

무라카미 자기 나라를 떠나 외국에 망명해서 외국어로 소

소설가가 되어서

"기존 작가들의 스타일과는 완전히 반대로 해보리라고 마음먹었습니다"라는 말은 조금 단순하고 과격한 표현이었는지도 모릅니다. 하지만 문단의 전반적인 상황에 대해서 당시 상당히 반항적인 심정이었던 것만은 사실입니다. 그런 의미에서 저는 분명 몹시 건방진 인간이었습니다. 젊었고 오기가 있었지요. 그러나 어떤 면에서는 필사적이었습니다. 황무지나 다름없는 곳에서 어떻게든 스스로 길을 개척해 제 나름대로의 문학 스타일, 생활 스타일을 구축해 나가야 했기 때문입니다.

그렇게 구축한 스타일 자체는 20년 가까이 지난 지금도 전혀 달라진 것이 없습니다. 어떻게 보면 옛날보다 한층 더 굳어졌지요. 그러나 저는 이제 예전만큼 반항적이지는 않습니다. 그것은 그동안 제 스타일을 분명하게 확립

설을 쓰는 사람들이 있잖아요? 예컨대 남미의 작가가 미국에 와서 영어로 글을 쓴다거나 하는 일이요. 나보코프나 콘래드는 제2 외국어로 소설을 쓰고 있습니다. 최근에는 시인 조지프 브로드스키도 외국어로 시를 쓰더군요. 하지만 저는 아무래도 일본으로 돌아가서 일본어로 써야겠다고 생각했습니다.

가와이 일본어와 영어, 유럽어는 언어의 구조가 완전히 다르니까요. 사고방식부터가 다르잖아요? 처음에 말씀하신 것처럼 무라카미 씨가 개인이란 것을 생각하며 일본을 떠났지만 그래도 일본어로 글을 썼다는 것에 커다란 의미가 있다고 생각합니다. 앞으로도 글을 써야 하니까 아무래도 일본으로

했기 때문이며, 또 반항하려고 해도 반항할 만한 것이 이제 거의 남아 있지 않기 때문입니다. 제가 처음 작가가 되었을 무렵과 비교하면 일본 문단의 분위기도 많이 변했어요.

'이렇게 해야 한다'라는 무의미한 문학계 특유의 계율이 점점 사라지고 시스템으로서의 융통성도 생겨났습니다. 문학이라는 것에 대한 합의가 세간에서 그렇게 명확하게 구분할 수도 없게 되었지요. 이것은 좋은 현상이라고 생각합니다.

하지만 시스템이 변하더라도 그 안에 있는, 가와이 선생님이 말씀하시는 '끈끈한 인간관계'만큼은 시간이 흘러도 변함이 없더군요. 그건 체념할 수밖에 없겠지요. (무라카미)

돌아가서 일본어로 써야겠다고 생각한 게 아닌가요?

무라카미 그렇습니다. 저는 그때까지 일본 소설이 사용하던 일본어를 정말 참기가 힘들었어요. 나, 에고ego라는 것이 상대화되지 않은 채 강하게 압박해 오고, 이른바 순문학純文學과 사소설私小說의 세계가 곁에서 맴도는 느낌이었습니다. 당시 저는 그것이 못 견디게 싫어서 이런 곳에서 빠져나가야겠다고 생각했지요. 하지만 최근에는 일본 문학 속에서 언어적인 흐름이 조금 변한 것 같습니다.

반항에 대해서

무라카미 씨의 〈소설가가 되어서〉에서 한 말 중에 "반항하려고 해도 반항할 만한 것이 이제 거의 남아 있지 않다"라는 말이 인상적이었습니다. 어쩌면 이것은 현재의 많은 젊은이들도 공감하는 부분이 아닐까요?

나의 젊은 시절, 그리고 무라카미 씨의 젊은 시절에는 젊은이들이 비교적 쉽게 '반항할' 상대를 찾을 수 있었습니다. '체제'로서 존재하고 있는 것에 대하여 '반체제'의 형태를 취하면 되었기 때문이죠. 그러나 현재의 상황은 '체제'나 '반체제'를 쉽게 찾아낼 수 있는 단순한 형태가 아니지요. 최근에는 '반체제' 운동에 관여해 보았자 결과가 얼마나 허망한가를 경험하게 됩니다.

무엇이든 '반대로 생각하는 것'은 본래의 것과 거의 차이가 없습니다. '체제'를 분명히 규정하고 그 반대의 '반체제'를 생각하는 방식은 '체제' 속에 본질적으로 편입되어 있는 것입니다. 그 상태에서의 접근은 표면적으로는 아무리 격렬해도 깊이가 없어요. 때문에 오래 계속되지 못하고 결국 약해집니다. 현재의 젊은이들이 해야 할 일의 본보기로 무라카미 씨가 해온 일을 생각할 수 있습니다. 체제에 반대하는 반항이 아니라 '거의 아무것도 없는 곳에서 요즘 젊은 사람들만 봐도 사용하는 문장이 달라졌잖아요? 이것은 아주 커다란 전환이에요. 언어 시스템이나 사고 시스템의 전환과도 호응하고 있다고 볼 수 있는 것이죠. 그런 흐름 속에서라면 일본에서도 글을 쓸 수 있겠다는 생각이 들었습니다.

또 미국인 작가와 이야기를 하거나 같이 어울릴 때, 아무리 애써도 의사소통이 제대로 안 되는 경우가 있어요. 영어 실력이 모자라서 그렇기도 하지만 단지 그것 때문만은 아닙니다. 소설을 받아들이고 느끼는 방법 자체가 달라서 이해가

어떻게든 스스로 길을 개척해 자기 나름대로의 문학 스타일, 생활 스타일을 구축해 나가는 것입니다. 거기서 새로운 것이 생겨나는 거죠. 도식적으로 생각한 반항은 머릿속에서만 이루어져 쉽게 식습니다. '자기 나름의 스타일'을 구축하기 위해서는 자기 자신을 모두 바쳐 헌신해야 합니다. 그래야만 비로소 자신의 '작품'이 탄생하는 겁니다.

여기서 '작품'이란 예술 작품만을 말하는 것이 아닙니다. 그 사람의 삶의 방식 자체가 '작품'이라고 생각합니다. 나는 이런 점에서 현재의 젊은이들에게 크게 기대하고 있어요.

'반항'이 아니라 '자기 스타일'을 만들어가는 형태로 기존의 사회나 문화의 바닥을 깨고 모습을 드러내는 젊은이들의 움직임이 생겨나길 바라는 것입니다. 그러한 움직임이 나타날 때, 기성세대들은 자신들의 '체제'를 강화하는 방법으로 박수를 치면서도 마음 한편으로는 거기에 담겨 있는 '폭력성'을 깨닫고 겁을 먹게 되는 일도 있지 않을까요? (가와이)

안 되는 부분이 있는 거죠. 문학이라는 기본 인식 자체에 메우기 어려운 간극이 있어서 처음 얼마 동안은 신선하게 느껴지다가도 점차 좌절하게 되었습니다. 그건 퍽 괴로운 일이었어요. 그런 일도 있고 해서 이제 귀국할 때가 된 것 같다고 생각하게 되었습니다.

좀 더 이야기하자면, 저는 전부터 쭉 번역을 해왔습니다.

외국에서의 일본어와 일본 문학

저는 남에게 뭔가를 가르치는 것이 질색이라서 줄곧 피해 왔으나, 미국에 있을 때는 거절할 수가 없어 대학교(프린스턴과 터프츠대학교)에서 강의를 하게 되었습니다. 그래서 일본 소설에 대해서 가르치기로―가르친다기보다 학생들과 토론의 장을 가진 것뿐이지만―했습니다. 그 정도밖에 가르칠 수 있는 것이 없었으니까요.

그래서 텍스트로 이른바 제2차 세계대전 이후의 '제3의 신인' 그룹에 속하는 작가들의 작품을 다루기로 했습니다. 최근에 제가 그들의 작품에 조금씩 흥미를 갖게 되었기 때문입니다. 그래서 미국에 있는 동안 무척 많은 일본 소설을 집중적으로 읽었습니다. 그때까지는 체계적으로 일본 소설을 읽은 적이 한 번도 없었기 때문에 이것은 저에게 무척 새로운 경험이었습니다. 교사로서는 별로 한 일이 없지만(가르치는 일은 제게 맞지 않으니까요), 아무튼 유익한 경험이었습니다.

외국에서 일본 소설을 열심히 읽는 것은 매우 귀중한 언어적 체험이었습니다. 일본어가 소설이라는 기구 속에서 지금까지 어떤 힘을 가지고 기능하며 적용해 왔는가를 전후좌우로 상당히 커다란 원근법 속에서 볼 수 있었습니다. (무라카미)

예전에는 영어로 쓰인 문장을 일본어로 옮기면서 자신이 변하는 느낌이 강하게 들었는데, 점점 그런 느낌이 없어졌어요. 요즘에는 번역을 해도 저 자신이 작가로서 무언가를 배우고 있다는 다이너미즘dynamism, 자연계의 근원은 힘이며, 힘이 모든 것의 원리라고 주장하는 설이 자꾸 줄어드는 것 같습니다.

저는 생리도 리듬도 감각도 전혀 다른 영어 문장을 일본어로 바꾸는 일을 통해 제 내부에서 무언가를 만들어 왔다고 생각했습니다. 이제 그런 느낌이 점점 사라지는 거예요. 그것이 결과적으로 어떤 결론을 얻게 될지는 저 자신도 아직 잘 알 수가 없어서 계속 생각해 보는 중입니다.

개인과 개성, 그리고 개인주의

가와이 일본에 있으면 서양인이 말하는 '개인'이라는 개념은 이해하기가 무척 어렵지요?

무라카미 많이 어렵죠.

가와이 조금 전의 사소설 얘기만 해도 '나(私)'라고 쓰고 있기는 하지만 서양인이 말하는 '에고'와는 전혀 다른 것이죠.

그래서 무라카미 씨는 개인을 문제로 삼으려면 서양으로 가야 한다고 생각했던 거겠죠?

서양의 글을 일본어로 번역할 때 일어나는 마찰이나 일본어로 표현된 개인이라는 것이 일본인에게 얼마나 통할까 하는 문제가 매우 중요한 과제였을 겁니다. 하지만 그건 이미 해결되었군요.

내 생각을 말하자면, 사실은 나도 그런 느낌이 들었어요. 나도 개인주의를 매우 좋아해서 서양을 동경하고 서양에 가기도 했지요. 하지만 요즘 들어서는 영어의 '인디비주얼 individual'이 뜻하는 '개인'이라는 것과 우리들이 정말로 문제로 삼으려는 '개성個性'은 아무래도 다르다는 생각이 듭니다.

소설에서 개성을 정말 완벽하게 표현하려는 경우에 반드시 서양의 개인주의를 토대로 할 필요는 없다거나, 혹은 일본인은 그런 토대를 떠나서도 개성에 대해 쓸 수 있다거나 하는 식으로 변하지 않을까요?

《태엽 감는 새》를 읽을 때도 잠깐 그런 생각이 들었습니다. 이를테면 '우물'에 들어가는 것이니까요. 우물에 들어가는 것은 노몬한 사건1393년 5월, 만주와 몽고의 노몬한에서 일어난 일본군과 소련군의 국경 분쟁이며 일본군이 대패함과도 통하는 것이고, 또 엄청나게 깊은 곳으로 통하는 것이죠.

노몬한 사건을 생각해 봐야 한다고 문제를 제기할 때, '서양적인 개인'이라면 그런 식으로 '우물'을 통해 생각하지는 않을 겁니다.

역사적으로 일본인에게는 노몬한 사건도 있었다, 이런 일도 있었고 저런 일도 있었다, 원폭도 있었다. 이렇게 여러 가지로 생각해 보고 지금의 나는 그중 어떤 견해를 취할까 하는 것이 서양적인 개인의 사고방식이지요.

그런데 무라카미 씨의 글을 읽고서 내가 느낀 것은 이렇습니다. 노몬한 사건 뿐만 아니라 모든 사건들이 지금도 일어나고 있다는 것입니다. 이런 식으로 받아들이는 개인이 있다면 그건 서양의 개인주의에서 의미하는 개인과는 다른 것이라고 생각해요.

무라카미 저는 일본에서 개인을 추구해 나가려면 역사와 더불어 생각할 수밖에 없다는 느낌이 듭니다. 잘 표현하기는 어렵지만요.

왜냐하면 현대, 동시대의 개인을 묘사하려 해도 가와이 씨 말씀처럼 일본에서는 개인에 대한 정의가 몹시 애매하니까요. 그런데 거기에 역사라는 날실을 도입하면 일본에 사는 개인을 이해하기가 좀 더 쉬워진다는 느낌이 들더군요.

가와이 역사도 서양인의 경우에는 몇 년 몇 월에 무슨 일이 있었다, 하는 식으로 일직선 위에 사건들을 늘어놓지요. 그에 반해 일본인은 그저 막연한 덩어리로 인식하고 있는 게 아닐까요?

예를 들면 '선조 대대의 무덤'이라는 식으로 받아들이는 데에 만족한 채 그 무덤들이 각각 누구의 것인지 정확하게 알려고 하지 않아요. 그런데 무라카미 씨가 '역사라는 날실'이라고 표현한 것이 열쇠가 되어 일본인이 말하는 '개인'을 새로운 각도에서 볼 수 있게 될지도 모르겠군요.

한국과 중국의 독자들이 원하는 단절된 삶

무라카미 번역 이야기로 되돌아가면, 영어를 일본어로 번역할 때 가장 어려운 것은 대명사입니다. 저는 대명사를 어떻게 처리하느냐에 따라 좋은 번역과 그렇지 못한 번역이 가려진다고 생각합니다. 대명사란 '개체에 대한 정의'이니까요.

10년 이상 번역을 하는 동안 점차 그 '정의'를 잘 이해할 수 있게 되었습니다. 때때로 문득 이렇게 잘 해도 괜찮을까? 어떻게 이렇게 익숙해질 수 있는 거지? 하는 생각이 들기도 해요.

하지만 또 그와 동시에 그런 정의는 제 내부에서 '이쪽'과

'저쪽'으로 명확하게 구분되는 것이 아닌, 애매모호한 것이 되어 갑니다.

영어에서는 과거형이 계속 이어지는 문장이라도 일본어로는 "무엇이 있었다, 있었다"라고 계속되면 읽기가 힘들어지지요. 그래서 적당히 현재형으로 바꾸기도 하는데, 그러다 보면 점점 본래의 언어와는 다른 것이 됩니다.

지금 저의《태엽 감는 새》를 제이 루빈이 영어로 번역하는 중인데 종종 전화로 물어봐요. "여기는 현재형으로 되어 있는데 어째서 현재형이지요?", "여기는 영어에서도 현재형으로 하는 게 나을까요?" 이런 질문을 받으면 저는 "그게 아니라 단지 말의 느낌 때문에 바꾼 거니까 신경 쓰지 않아도 됩니다"라고 대답합니다.

그는 상당히 이치를 따지는 사람이라 "단지 그 이유 때문만은 아니죠?"라고 묻습니다. 물론 그 때문만은 아니지요. 문장 전체의 긴장도를 높이거나 리듬감을 주기 위해 필요하죠. 그렇게 말하면 그는 "그렇다면 영어 번역에서도 그런 효과가 날 수 있도록 해야 하지 않습니까?"라고 해요. 이런 말을 들으면 저도 난감해집니다.

가와이 그렇죠. 일본어의 경우에는 리듬이나 긴장감 같은 것이 음성적音聲的으로 만들어지는 경향이 강하지만 영어의 경우는 논리적인 구성이 강하기 때문에 많이 다르지요.

무라카미 그렇습니다. 콜론:이나 세미콜론;이 영어에서는 미묘한 의미를 갖고 있지만 일본어에는 그런 의미가 없으니까요. 다른 것으로 대체해야지요.

가와이 일본어에서는 너무 단정적인 표현을 써서 지나치게 강한 인상을 줄 것 같으면 '~입니다만'을 붙여서 말을 길게 늘여 쓰지요.

무라카미 가령 영어로 강연을 하게 되면, 저는 그 강연 원고는 초고부터 영어로 씁니다. 초고를 일본어로 썼다가 영어로 고치는 게 잘 안 되더라고요. 제가 무슨 말을 하는지 알 수가 없어집니다.

가와이 저도 영어로 강연을 할 때는 반드시 처음부터 영어

내가 번역에 집착하고 그것을 즐기는 이유

저는 틈만 나면 책상 앞에 앉아서 번역을 합니다. 때때로 '왜 이렇게 번역이 좋은 거지?' 라는 생각이 들 때가 있습니다. 이유는 저도 잘 알 수가 없어요. 다만 한 가지, 외국어 텍스트를 읽고 그것을 이해해서 잘 다듬어진 일본어로 옮기는 작업이 저를 강하게 끌어들이는 무언가를 가지고 있다는 것은 분명하게 말할 수 있습니다.

번역을 하다 보면 때때로 자신이 투명 인간이 되어 문장이라는 회로를 통해 타인(즉, 그것을 쓴 사람)의 마음속이나 머릿속에 들어가는 것 같은 느낌이

로 씁니다. 일본어로 쓴 것을 다시 영어로 옮기려고 하면 너무 힘들어요.

무라카미 영어로 번역된 제 소설을 읽은 미국인 학생과 이야기를 나누었는데, 어딘가 공감이 잘 안 되는 느낌을 받았어요. 그 대신에 생각지도 못한 부분에서 감탄을 하거나 재미있어 하는 겁니다. 그러나 아시아인 독자들은 대체로 일본인 독자들과 비슷하게 느끼더군요.

가와이 영어로 읽는데도 그런가요?

무라카미 영어로 읽어도, 그리고 중국어나 한국어로 읽어도 마찬가지더군요. 그래서 재미있기도 하죠. 아시아인 독자들이 원하고 있는 것은 단절입니다. 즉 자신이 사회와 별개의 삶을 사는 것, 부모와 별개의 삶을 사는 것, 그런 것을 제 소설에서 찾아내고 어느 정도 공감하는 것 같아요.

들기도 합니다. 마치 아무도 없는 남의 집 안으로 살그머니 들어가는 것처럼 말이지요. 어쩌면 저는 글을 통해서 타인과 그런 관계를 맺는 것에 흥미를 느끼는지도 모릅니다. 물론 누구에게나, 어떤 텍스트에 대해서나 그렇게 할 수 있는 건 아니에요. 저와 특별한 관련이 있을 때만 가능하지요.
좋은 번역을 하기 위해서는 그런 깊은 부분에서의 감정 이입이나 공감이 필요하다고 생각합니다. 바꿔 말하면, 그런 것을 느낄 수 없는 텍스트로는 제대로 된 번역을 할 수 없다는 이야깁니다. (무라카미)

얼마 전에도 한국의 신문과 잡지에서 인터뷰를 했는데 그런 것만 묻더군요. 하지만 그건 과거에 이미 제 나름대로 해결하고 통과한 일이라서 솔직히 지금 저에게는 별로 흥미가 없는 일이었어요. 그래서 만족할 만한 대답을 못해 죄송했죠.

가와이 재미있네요. 한국이나 중국에서는 앞으로 단절이 매우 큰 과제가 될 겁니다. 한국과 중국에서는 가족이나 가문의 유대가 무척 중요한 의미를 지니고 있고, 그런 유대와 단절하는 것은 목숨을 거는 일이니까요.

무라카미 그것이 정신적으로나 병리적으로 큰 문제가 될까요?

가와이 아주 큰 문제가 되겠지요.

영어로 강연하고 싶은 것

무라카미 씨를 프린스턴대학교에서 처음으로 만난 1994년 봄, 나는 《겐지 이야기|11세기 초 일본 헤이안 중기의 작가 무라사키 시키부가 쓴 대하소설》를 읽고 있었습니다. 창피한 일이지만 나는 《겐지 이야기》를 그때까지 한 번도 끝까지 읽지 못했어요. 그러다가 미국에 있던 2개월 동안 집중해서 읽을 수가 있었습니다. 그런 기회라도 이용하지 않았으면 《겐지 이야기》를 다 읽지는 못했을 겁니다.

그런데 이 책은 외국에서 읽어서 더욱 의미가 있었던 것 같습니다. 현재의 미국인의 사고방식과 감각을 경험하면서 읽었기 때문에 그 대비가 더 강하

이야기가 조금 빗나가는 것 같지만, 한국은 일본에 비해서 너무 급속하게 서양화되는 바람에 사람들이 굉장히 이기적으로 변했다고 어느 한국인이 그러더군요. 개인주의가 몹시 심해서 전체를 생각하지 않고 자신의 이익만 추구하려 한다는 겁니다. 반면 일본인은 서양화되면서도 의외로 전체를 생각하는 경우가 많고, 한국인은 그런 점을 보고 배워야 한다면서요.

그러나 나는 그렇게 생각하지 않아요. 한국인은 개인주의가 아니라 가족에서 자신의 동일성을 인식하는, 말하자면 '패밀리 에고family ego'를 가지고 있잖아요? 그것은 개인과 개인이 관계와 그 위험성을 늘 염두에 두고 이루어져 온 서양의 개인주의와는 다릅니다. 한국의 경우에는 패밀리 에고 밖

게 느껴졌지요. 또 《겐지 이야기》의 훌륭함을 잘 알 수가 있었습니다. 더구나 그것이 지금까지도 신선함을 잃지 않고 있다는 것도 동시에 느껴졌지요. 천여 년 전에 한 일본 여성이 이렇게 위대한 이야기를 만들어 냈다고 생각하자 다 읽고 난 후에는 흥분해서 한동안 잠을 이룰 수가 없었습니다.
언젠가 그때 느낀 것을 영어로 외국의 청중에게 이야기해 보고 싶습니다. 그렇게 함으로써 무라카미 씨가 말한 것처럼 《겐지 이야기》를 다른 각도에서 볼 수 있을 것 같습니다. (가와이)

으로 나오면 그때는 정말로 에고이즘이 되기 때문에 개인주의가 문제가 되는 것 아닐까요?

일본인의 경우는 패밀리 에고와는 또 다른 '필드 아이덴티티field identity', 즉 자신이 있는 곳을 동일성의 기초로 만드는 매우 재미있는 성질이 있어요. 때문에 회사를 활동 영역으로 삼거나 가정을 활동 영역으로 삼아 각각 능률적으로 잘 해나가고 있지요.

그렇기 때문에 한국인 중에서 참다운 의미의 개인주의에 눈뜬 사람은 가족으로부터 단절되려고 하는 겁니다. 이것은 엄청난 기폭력을 필요로 합니다. 그래서 무라카미 씨의 소설에서 단절과 냉소적인 면을 읽고 감동하는 사람이 많은 게 아닐까요?

걸프전에 대한 일본의 교활성과 애매성

무라카미 앞에서도 옴진리교 사건과 지진 문제를 얘기했지만, 지금 일본의 사회는 정신적으로 관여하고 헌신하는 것에 관해 커다란 변혁 지점에 와 있다고 봅니다. 앞으로 2, 3년 동안 일본은 꽤 많이 변할 것 같아요. 그런 점 때문에 일본에 돌아오고 싶다고 생각하기도 했고요.

가와이 그런 점을 지금의 젊은이들에게 되도록 잘 전달해야 합니다. 지금의 젊은이들은 뭐가 뭔지 잘 모르고 있으니까요. 무미건조하다느니 무기력하다느니 그런 말들을 하지요. 하지만 요즘 학생들은 옛날 학생들의 냉소와 무관심이 실패로 끝났다는 걸 잘 알고 있기 때문에 그걸 따라 하려고 하지는 않아요. 더구나 무엇에 헌신하고 관계를 맺어야 할지도 전혀 모르는 상태고요.

무라카미 저는 다시 한 번 젊은이들이 뭔가 소동을 일으키지 않을까 하는 생각이 강하게 듭니다. 지금은 발열發熱하고 있는 중이고, 정말로 열기가 분출된다면 더욱 크게 변할 것 같아요.

걸프전Gulf War, 1990년 이라크가 쿠웨이트를 침공하자, 34개 다국적군이 이라크를 상대로 한 전쟁때 저는 미국에 있어서 몹시 힘들었습니다. 일본인이 세계를 보는 시각과 다른 나라 사람이 세계를 보는 시각은 전혀 다르다는 것을 절실하게 느꼈어요. 저는 미국인에게 아무것도 설명할 수가 없었습니다. 왜 일본은 군대를 보내지 않는가에 대해서 저는 일본인의 생각을 알고 있으니까 설명을 해주려고 노력했지만 뜻대로 안 되더군요.

자위대는 현실적으로 존재하는 군대이기는 하지만, 우리는 평화 헌법 상 전쟁을 포기하고 있다, 그래서 군대를 보낼수가 없다, 이렇게 말해 봐야 이건 완전한 자기모순일 뿐이죠. 어떤 식으로도 설명할 수가 없어요. 거기서부터 저 자신의 여러 가지 것들이 뒤죽박죽이 되어 버립니다.

그렇다면 우리 세대가 1960년대 말에 싸웠던 대의는 도

대체 무엇이었는가, 그것은 결국 내면의 위선을 추궁하는 것에 불과했던 게 아닌가, 이런 식으로 점점 거슬러 올라가다 보면 자신의 존재 의의 자체에 의문을 가지게 됩니다. 결국 자기 자신을 몇십 년이고 거슬러 올라가 돌아보지 않을 수가 없어요. 제가 일본에 있었다면 이런 것을 깨닫지 못했을 겁니다. 머리로는 알고 있더라도 피부로 절실하게 느끼지는 못했을 거예요.

그리고 얼마 지나지 않아 진주만 공격 50주년이 되었습니다. 이것도 역시 제가 태어나기 전의 일이라 질문을 받아도 제대로 대답할 수 없었지만 그래도 역시 대화 중에 문젯거리로 대두되곤 했습니다. 그렇게 되면 저는 제 자신 속의 제2차 세계대전을 다시 한 번 들추어서 들여다보아야 합니다. 무척이나 괴로웠어요. 하지만 하나하나 생각해 나가던 도중에 진주만 공격이든 노몬한 사건이든, 그런 여러 가지 문제들은 결국 '자신의 내부'에 있다는 것을 차츰 깨닫게 되었습니다.

그와 동시에 현재 일본 사회는 전쟁이 끝나고 여러 가지를 뜯어 고쳤지만 본질적으로는 아무것도 달라진 게 없다는 것을 알게 되었어요. 그것이 제가 《태엽 감는 새》에서 노몬한 사건에 대해 쓰고 싶었던 이유이기도 합니다. 나 자신은 어떤 존재인가, 이 점을 생각하며 거슬러 올라가면 사회와 역사를 전체적으로 재조명할 수밖에 없어요.

걸프전과 일본의 관계를 어떻게 설명하면 좋을지, 저는 지금까지도 생각하고 있지만 솔직히 말해 아직도 잘 모르겠습니다. 논리적으로 추구해 나가면 오자와 이치로_{전 일본 자유당 당수, 평화 헌법을 비판하며 자위대의 지위를 격상, 강화해야 한다고 주장한 바 있음} 같은 사람의 주장도 이치에 맞을 수도 있겠지만, 그의 주장대로 하면 결국 엉망이 될 겁니다.

걸프전에 대해서

걸프전에 대해서는 나도 아직까지 생각하고 있습니다만, 쉽게 답이 나오지 않는 문제입니다. 나는 "모순을 허용해 주는 것이 좋다"고 말하지만 그로 인해 '해결'되었다고는 생각하지 않습니다. 즉, 모순을 끌어안고 있되 서둘러 답을 내려 하지 않고, 실제적인 해결책을 찾기는 하지만 그 모순에는 계속 관심을 갖는 거죠. 모순의 존재나 그 본연의 상태, 해소 방법 등에 대해서 생각하고 언어화해 나갑니다. 그러나 결코 서둘러 해결하려 들지 않습니다. 그러는 사이에 처음에는 모순으로 받아들이던 현상이 다른 원근법이나 다른 차원 속에서 모순을 갖지 않은 모습으로 변모합니다. 그것을 기다리자는 겁니다.

그런 의미에서 내 목구멍에는 여러 가지 가시가 걸려 있는데, 이 가시를 언제 빼낼 수 있을까 생각하며 살아가고 있습니다. 걸프전은 그런 가시 중에서도 '큰 것'입니다. 일본인의 목구멍에는 그런 큰 가시가 좀 더 걸려야 합니다. (가와이)

가와이 일본은 이를테면 대단히 교활한 방법을 쓰고 있습니다. 그래서 전 세계가 좀 더 교활해졌으면 좋겠다는 생각이 들기도 하지요.(웃음)

어느 정도나 교활한가, 교활하기 때문에 생기는 폐해는 없는가를 좀 더 연구해서 세련된 교활함으로 바꾸어야 합니다. 그런데 일본인은 자신들의 교활함을 인정하지 않은 채 교활한 짓을 하니까 비난을 받으면 방어하기에 급급한 거예요.

'교활함'이라는 것을 다르게 표현하자면, 인간의 사상이나 정치적 입장 같은 것을 논리적인 정합성整合性만으로 지키려는 시대는 이미 끝났다는 거지요. 인간은 모순으로 가득 찬 존재라서 '자신이 어떤 모순을 갖고 있는가'라는 점에 근거해서 말을 하는데, 겉으로 보면 이런 것도 교활하다고 할 수 있죠.

그런데 걸프전 때의 일본의 행동을 비난하는 미국인은 그런 모순을 허용하지 않을 겁니다. 그렇다면 전쟁을 하지 않는다는 헌법이 절대적으로 나쁘다는 얘기가 됩니다. 반면에 전쟁을 하지 않는 헌법의 논리로 말하자면 미국이 절대적으로 나쁘죠. 그럴 때 일본인은 "어느 쪽이든 상관없지 않느냐"라고 일단 무마합니다. 그리고 전쟁에 쓸 돈으로 다른 일을 하면 된다고 말을 하지요. 물론 그렇게 하는 것이 좋기도 하고요.

다만 그런 교활함의 철학을 영어로 설명하는 것은 굉장히 어려운 일입니다.

무라카미 그렇죠. 경험해 보지 않고서는 이해할 수 없는 어려움이 있지요.

그런데 한편으로는 근대의 일본을 전쟁으로 이끈 것도 실은 그런 교활함과 애매함이 아닐까 하는 생각도 들어요.

가와이 선생님께서 말씀하시는 세련된 교활함은 자신이 모순되어 있다는 것을 정확하게 인식해야만 성립하지 않을까요?

가와이 그건 그렇습니다.

무라카미 하지만 현실적으로는 불가능하지 않을까요?

가와이 그건 무슨 말입니까?

걸프전에 대해서

이미 말했듯이, 걸프전 때 저는 미국에서 살고 있었기 때문에 그 전쟁의 의미에 대해서 상당히 깊이 있게 생각하지 않을 수 없었습니다. 그래서 그 전쟁이 끝나고 얼마 되지 않아 〈일본인에게 걸프전은 어떤 의미가 있었는가?〉라는 자기 검증적인 글을 발표할 곳도 정해지지 않은 상태에서 무작정 쓰기 시작했습니다. 그리고 그로부터 5년이 지난 지금까지도 아직 완성하지 못하고 있습니다. 별로 긴 글도 아닌데 끝을 잘 맺을 수가 없어요. 이런 글을 쓴다는 것은 걸프 이후 일본의 가치관이 세계 속의 다른 나라에 거의 통용되거나 받아들여지지 않았다는 점을 제가 어떻게 평가하는가, 하는 문제입

무라카미 개인이라면 모를까, 일본이라는 나라가 총체적으로 그 '교활함'을 인정하고 자신들이 위선적이며 모순되어 있다는 것을 인식하면서 나아가는 것은 어려운 일이 아닐까요?

가와이 그 점은 어떻게 말하면 좋을까요? 위선의 종류랄까……. 위선적인 걸로 말하자면 미국도 무척 위선적이지 않습니까?

무라카미 위선적이지요.

가와이 쿠웨이트를 지키기 위해서라고 말하지만 쿠웨이트라는 구실을 만든 것 자체가 엄청난 악이라면 악일 겁니다.

무라카미 악이지요.

가와이 말하자면 그런 명백한 위선을 행하는 나라에 비해서 우리들은 대단히 애매한 위선을 행하고 있다고 할 수 있

니다. 단적으로 말하면 저 자신 혹은 제가 속하는 세계에 대한 평가로 이어지는 문제지요. 그래서 좀처럼 결론이 나지 않습니다. 5년 동안 생각만 계속하고 있네요.

이제 대부분의 사람들은 걸프전에 대해 별로 기억하지 못하는 것 같습니다. 하지만 제게는 그것이 아직도 목구멍의 가시처럼 집요하게 남아 있습니다. "모순을 허용해 주는 것이 좋다"라는 가와이 선생님의 말씀은 이해됩니다. 지금으로서는 그렇게 할 수밖에 없을 것이라고 저 자신도 생각하지만 저는 아직 "그래도……"라고 생각하게 되네요. (무라카미)

습니다. 그런 사고방식을 비교했을 때 결과적으로 어느 쪽이 이득을 볼까요? 나는 아직은 애매한 위선으로 버텨 나갈 수 있다고 생각합니다.

모순을 두려워하지 않는 것이라든가, 통합성 같은 것은 이제 그다지 문제 삼지 않아요. 균형은 문제로 삼지만……. 요즘 나는 이런 것을 생각하고 있습니다.

무라카미 지금의 저에게 그것은 소설, 즉 이야기의 본질입니다. 저는 소설에서 균형을 아주 중요하게 생각합니다. 하지만 통합성은 필요 없고 정합성과 순서도 중요하지 않아요.

가와이 《태엽 감는 새(원제: 태엽 감는 새 연대기)》도 그렇게 되어 있더군요. 그것에 굳이 '연대기'라는 이름이 붙어 있으니까 더 재미있어요. 보통 '연대기'라고 하면 시간 순서대로 쓰지 않습니까? 그런데 《태엽 감는 새》는 그렇지 않아요.

무라카미 그렇습니다.

《상실의 시대》와 전환점이 된《태엽 감는 새》

무라카미 제가 왜 소설을 쓰기 시작했는지는 저도 잘 모르겠지만 그냥 어느 날 갑자기 글이 쓰고 싶어졌어요. 지금 생각하면 일종의 자기 치료 단계였던 것 같습니다.

이십 대 내내 아무 생각도 없이 그저 일만 하면서 보냈습니다. 그러다가 스물아홉 살이 되니까 일종의 층계참 같은 곳에 서 있는 듯한 느낌이 들더군요. 그 시점에서 뭔가 글을 써 보고 싶어진 건 모래 정원 만들기는 아니지만, 저 자신도 제대로 말할 수 없는 것, 설명할 수 없는 것을 소설이라는 형태로 표현해 보고 싶었기 때문일 겁니다. 어느 날 갑자기 그런 생각이 들었습니다.

그전까지는 소설을 써 보겠다고 생각한 적이 한 번도 없었거든요. 저는 그냥 늘 그렇듯이 일만 하고 있었습니다. 그러던 것이 어느 날 갑자기 '그래, 소설을 쓰자'라는 생각이 들었어요. 그래서 만년필과 원고지를 사다가 일을 마친 후 부엌에서 매일 한 시간이든 두 시간이든 조금씩 글을 써나갔는데, 그게 무척이나 즐거웠습니다. 사실 자신이 잘 설명할 수 없는 것을 소설이라는 형태로 표현하는 것은 힘든 일이었습니다. 또 저는 자신만의 문체를 만들어 낼 때까지 몇 번이고 다시 써야 했어요. 그런데 다 쓰고 난 것만으로 무언가 어깨의 짐이 몽땅 내려간 것 같았습니다. 결과적으로는 제 글은 격언이나 금언 같은 아포리즘aphorism이라고 할까 냉소적이라고 할까, 그때까지 제가 일본 소설에서 읽었던 문장과는 완전히 다른 형태가 되었습니다.

그때까지의 일본 소설의 문체로는 제가 표현하고 싶은 것을 제대로 표현할 수가 없었습니다. 그래서 그만큼 시간이 걸렸던 거죠.

하지만 저는 소설가로 글을 써나가기 위해서는 문체만으로는 부족하다는 것을 잘 알고 있었습니다. 그래서 저의 아포리즘과 냉소적인 부분을 차차 '이야기'로 대체시켜 갔습니다.

그 첫 번째 작품이 《양을 둘러싼 모험》이라는 장편입니다.

제 경우에는 작품이 점점 길어졌습니다. 길게 쓰지 않으면 이야기가 성립되지 않았거든요. 또 중요한 것은 이야기가 매우 자연스러워야 한다는 것입니다. 이것이 이렇게 되고 이렇게 되어서, 하는 식으로 계획적으로 쓰는 것은 저에게는 아무런 의미도 없어요. 그저 자연스럽게 이 다음에 무엇이 오고 그 다음에는 무엇이 오고, 하는 식으로 써나가다가 마지막에 결말을 냅니다. 결말이 없으면 소설로서 성립하지 않으니까요.

글을 쓰기 시작할 때 전체를 구상하는 것이 아니라, 처음에는 일단 쓴다는 행위 자체에 빠져 들어갑니다. 그러면서도 끝에 가서 용케 결말을 낸다는 말을 듣기도 하지만, 저는 프로 글쟁이니까요. 결말은 반드시 냅니다. 거기에 일종의 카타르시스가 있는 거죠.

결말은 반드시 난다

"프로니까 결말은 낸다"라는 것은 쉽게 말해 결말을 내지 못하면 소설가로서는 먹고 살 수 있는 능력이 없다는 얘깁니다. 그와 동시에 '자신을 믿는다'는 이야기이기도 하지요. 그 다음은 경험이 중요해요. '이대로 괜찮을까?'라는 생각이 들 때도 있지만 그럴 때마다 '문제없다'고 자신을 설득하며 계속 글을 써나가는 겁니다. (무라카미)

그런 식으로 이야기를 만들다 보면 점점 길어집니다. 그렇게 해서《세계의 끝과 하드보일드 원더랜드》까지 왔어요.

그 후 제가 한 단계 더 성장하기 위해, 이쯤에서 리얼리즘의 문체를 제대로 익혀야겠다고 생각하고 쓴 것이《상실의 시대(원제: 노르웨이의 숲)》였습니다. 이 작품이 일본을 떠나서 쓴 첫 장편소설이었지요.

그리고 이번의《태엽 감는 새》가 저에게 또 커다란 전환점이 되었습니다. 제가 글을 처음 쓰기 시작했을 때는 그것이 이야기로서 존재한다는 것만으로도 기뻤습니다.

저는 아마 그걸로 작가로서의 두 번째 단계에 올라섰다고 생각합니다.

《태엽 감는 새》는 말하자면 저에게 있어 세 번째 단계가 될 겁니다. 우선 아포리즘과 냉소적인 단계, 그 다음에는 이야기를 만드는 단계, 그것들을 거치고 나면 뭔가 부족하다는 것을 스스로 알게 됩니다. 그 시점에서 현실 참여라는 것이 대두됩니다. 아직 잘 정리를 못한 상태지만요.

현실 참여라는 것은 인간과 인간이 관계를 맺는 것이라고 생각합니다. 하지만 지금까지 한 것 같은 "당신이 말하는 것은 잘 알겠습니다. 그러니까 우리 손을 잡읍시다"라는 식이 아니라, '우물'을 파고 파고 또 파내려 가서 그 밑바닥에서 도

저히 통과할 수 없는 벽을 넘어 이어지는, 그런 식의 현실 참여에 저는 무척 끌렸습니다.

그러나 그것이 이 현실 세계, 실제 생활적인 측면에서 저에게 무엇을 가져다주었는지는 저 자신도 아직 잘 알 수가 없어요. 지금 저는 일본으로 돌아와 그것을 실제로 찾는 중입니다. 소설 속에서는 그런 점을 해결하고 있긴 하지만, 소설이 저를 앞질러 가 버려서 저 자신이 뒤쫓아가기 어려운 형편입니다. 다만 세상은 계속 변하고 있고 또 변해야만 한다고 생각합니다.

그래서 저는 지진에 대해서도, 옴진리교 사건에 대해서도 어떤 하나의 전환점으로서 커다란 흥미를 갖고 있습니다. 사건 자체는 불행한 일이지만 그 일들이 계기가 되어 무언가 닫혀 있던 문이 열릴 것 같은 예감이 들어요.

다만 텔레비전을 봐도 정작 중요한 것은 아무것도 보도하지 않고, 아무도 그런 것을 생각하지 않는 게 아닐까 하는 느낌이 드는데, 여기에 대해 어떻게 생각하십니까?

가와이 그럴 겁니다. 보도는 일반적으로 흥미를 갖는 일에 초점을 맞추니까요. '옴진리교'라는 형태로 불거진 본질적인 것에 대해서는 별로 논하지 않는다고 보는 게 좋을 겁니다.

현실 참여라는 점에서 말하자면, 지금 무엇인가에 참여해야만 한다는 것을 깨달은 청년들을 옴진리교가 끌어들인 것이죠. "이것에 참여하세요", "답이 있습니다"하고 말입니다.

무라카미 하지만 그 사람들이 제시한 이미지나 이야기는 매우 유치한 것이더군요.

가와이 굉장히 유치하지요. 왜냐하면 이미지에 관한 훈련이 너무 없었거든요. 즉 옴진리교에 들어간 사람들이 배운 것은 공부라고 할 수 있지요. 그러나 공부는 이미지와는 거

옴진리교 이야기의 유치함에 대해서

그러나 그와 동시에 저는 이 사건에 관해서 역시 '유치한 것의 힘'을 절실하게 느끼지 않을 수가 없습니다. 과격한 표현을 쓰자면 그것은 일찍이 '청춘'이니 '순애'니 '정의' 같은 것이 작용된 것과 같은 수준으로 사람들에게 적용된 것은 아닐까요? 그렇기 때문에 그것이 사람들의 마음을 사로잡은 것은 아닐까요? 그렇다면 "이것은 유치하다, 무의미하다"라는 식으로 간단히 무시해 버릴 수는 없을 것 같았습니다.

어떤 의미에서는 '이야기'라는 것(소설적인 이야기든 개인적인 이야기든 사회적인 이야기든)이 우리 주위에서—즉, 고도 자본주의 사회 속에서—너무나도 전문화되고 복잡해졌는지도 모릅니다. 지나치게 세속적이 되었는지도 모릅니다. 사람들은 근본적으로 좀 더 유치한 이야기를 원했는지도 모릅니다. 우리들은 이야기의 그런 본연의 상태에 대해 다시 한 번 생각해 봐야 합니다. 그렇지 않으면 또다시 같은 일이 일어날지도 모릅니다. (무라카미)

리가 멉니다. 따라서 풍부한 이미지를 가진 사람은 공부를 잘 못하는 겁니다.

옴진리교 이야기에 대해서

지금의 '이야기'가 "너무나도 전문화되고 복잡해졌는지도 모릅니다. 지나치게 세속적이 되었는지도 모릅니다"라는 무라카미 씨의 말에 대해 나도 대찬성입니다. 그리고 "사람들은 근본적으로 좀 더 유치한 이야기를 원했는지도 모릅니다"라는 대목은 '유치'라기보다는 '소박'이라고 하는 편이 좋지 않을까요?

현대인은 '복잡함', '전문성(즉 난해함)', '세속성'의 정도를 평가 기준으로 삼는 잘못을 범하고 있습니다. 그러나 '소박'이란 것도 무조건 소박할 수록 좋은 것만은 아닙니다. 소박한 이야기를 평가하는 기준이 무엇인가가 문제입니다. 바꿔 말하면 '유치하니까 무의미하다'는 생각은 무라카미 씨의 말대로 지나치게 성급합니다.

나는 '옴진리교 이야기'의 문제점은 소박한 이야기에 현대의 테크놀로지라는 완전히 이질적인 것을 넣어서 이야기를 만들려고 한 점이라고 생각합니다.

'이야기의 의의를 다시 한 번 생각하기' 위해서 나는 지금까지 '옛날이야기'나 '아동 문학'을 거론해 왔습니다. 어른이 보기에는 그야말로 '유치'한 이야기가 사실은 얼마나 깊은 의미를 갖고 있는가를 나타내려 한 것이죠. 그 때문에 내가 쓰는 글이 '유치'하다고 생각하는 사람도 있는 것 같습니다. 하지만 무라카미 씨 같은 분이 있어서 최근에는 가끔 '어른의 책'에 대해서도 의견을 말할 수 있게 되어 고마운 생각이 듭니다. (가와이)

소설이 자기 자신보다
앞서 가고 있다는 감각

무라카미 제가 냉소적인 단계로부터 이야기에 집중하는 스토리텔링의 단계로 옮겨가고, 이번에는 거기에서도 벗어났다는 것을 얘기했습니다. 물론 스토리텔링에 관해서는 계속 추구하겠지만, 스토리텔링만의 재미는 제 안에서 끝나버린 겁니다. 이것은 무엇을 의미하는 걸까요?

가와이 스토리는 배후에 이미지를 갖고 있지 않으면 절대로 성립될 수 없습니다. 또한 매우 내적인 이미지가 있다고 해도 그것을 남에게 나타내려면 이야기로 만들 수밖에 없어요.

무라카미 씨가 스토리텔링 단계라고 부르는 단계에서 스

토리텔링 자체의 재미에 너무 깊숙하게 발을 들여놓았기 때문에 내적 이미지와의 관계가 조금 엷어진 것은 아닌가 하는 생각이 드는군요. 스토리텔링만의 재미는 오래 가지 않습니다. 그래서 다시 한 번 이미지와의 관계 회복이 필요해지고―그것이 '우물 파기'인데―이미지와의 관계에 참여해 나가는 것이 과제가 된 게 아닐까요? 이미지나 이야기는 그것을 경험하는 과정이 없으면 박력이 사라져버리니까요.

무라카미 지금까지 제 소설은 무엇인가를 추구했지만 마지막에 가서 추구하는 것이 사라져 버리는, 이를테면 성배聖杯 전설 같은 형태를 취하는 경우가 많았습니다. 그런데《태엽 감는 새》에서는 '되찾는다'는 것이 대단히 중요한 의미를 가지게 되었어요. 이것이 저 자신에게 있어서 큰 변화라고 생각합니다.

가와이 《태엽 감는 새》가 2부로 끝나지 않고 3부가 나와서 그 이야기가 완성되었다고 할 수 있지 않을까요? 젊은 사람들에게 물어 보니까 3부가 나와서 안심했다든가 구원받았다는 사람들이 꽤 많더군요.

무라카미 제 느낌으로는, 아주 오만하게 들릴지 모르겠지만《태엽 감는 새》라는 소설이 진정한 의미에서 이해받으려면 아직 좀 더 시간이 걸릴 것 같습니다.

소설에는 독자들에게 금세 받아들여지는 소설과 시간이 한참 지난 후에 받아들여지는 소설이 있습니다.《세계의 끝과 하드보일드 원더랜드》의 경우는 독자들이 받아들이는 데 꽤 많은 시간이 걸렸어요. 그에 비해서《양을 둘러싼 모험》은 금방 받아들인 걸로 보이고,《상실의 시대》는 그야말로 눈 깜짝할 사이였지요.《태엽 감는 새》는 받아들여지는 데 시간이 걸리는 유형의 소설이라고 생각합니다.

왜냐하면 소설이 저 자신보다 앞질러 가고 있다는 느낌이 들기 때문입니다. 지금 저는 저 자신이 그 이미지를 뒤쫓아

논픽션에 대해서

설명하기가 꽤 까다롭지만, 제가 논픽션을 쓰려고 생각한 데는 몇 가지 이유가 있습니다. 가장 큰 이유는 '어떤 한 사건'의 의미를 알고 싶기 때문입니다. 그러기 위해서는 저 스스로 글을 쓸 수밖에 없다고 생각했고, 글을 쓰기 위해서는 사실을 조사할 수밖에 없었습니다. 기왕 할 바에는 철저하게 해보자고 마음먹었지요.

또 하나의 이유는 일본과 일본인에 대해서 더 많이 알고 싶었기 때문입니다. 그러기 위해서는 한 사람이라도 더 많은 사람을 만나서 한 가지 주제에 대해 그들의 이야기를 들어보고 싶었습니다. 자신이 '치유된다'는 표현은 말로만 들어서는 지나치게 단순하게 생각될 수도 있습니다. 좀 더 자세하게 말한다면, 제가 말하는 이야기의 관점과 남이 말하는 이야기라는 관점을 교차시켜 보고 싶었던 겁니다.

가고 있는 느낌이 들어요.

가와이 이제부터 그걸 현실로 만들어 내야 하겠군요.

무라카미 그렇죠. 하지만 아주 어려운 문제입니다.

가와이 일본에서는 특히 그렇지요.

《태엽 감는 새》가 훌륭한 소설인지 아닌지는 모르겠습니다. 다만 그것을 쓴 일은 제게는 매우 큰일이었습니다. 거기서 벗어나는 데 아마 3년은 걸릴 겁니다. 거기서 벗어나려고 논픽션을 쓰려는 것은 아니지만, 사실이나 현실을 다시 한 번 응시하고 싶은 마음이 아주 강합니다. 또한 논픽션을 쓰면서 무엇인가에 도움이 될 수 있기를 바라는 마음도 있습니다. 많든 적든 그렇게 함으로써 사회와 관계를 맺어 나갈 수 있겠지요…… (무라카미)

결혼과 '우물 파기'

무라카미 사실 저는 지금 논픽션을 쓰려고 조사를 하는 중입니다. 소설은 잠시 쉬고 앞으로 1년 동안은 논픽션에 집중해 보려고요. 주제를 정하고 철저하게 조사해서 한 명이라도 더 많은 사람을 만나 얘기를 들어서, 완성도 높은 '비소설'을 하나 쓰고 싶습니다. 그런 여러 의미에서 저에게도 필요한 일 같아요. 다른 사람의 이야기를 많이 들으면서 저 자신이 치유받고 싶은 생각도 있고요. 남의 이야기에 진지하게 관여해 보고 싶다고나 할까…… . 어려운 일일까요?

가와이 내가 하는 일이 바로 그런 일인데, 결국 치유받는

74

것과 치유하는 것은 이미 동병상련의 관계이지요. 상대방에
따라서 다릅니다. 서로의 관계가 깊어지면 깊어질수록, 때로
는 위험해지기도 합니다.

무라카미 상대방의 문제가 자신에게 옮겨오는 경우도 있
습니까?

가와이 있지요.

무라카미 가와이 선생님도 우울할 때가 있습니까?

가와이 자주 그래요. 우울해서 바보 같은 이야기도 하는
겁니다.

무라카미 상대방의 매우 심각한 문제점을 부분적으로 받
아들이게 되는 건가요?

가와이 아마 그럴 겁니다. 그래서 몸에 이상이 일어나는
경우도 있으며, 또 그 사람의 증상이 옮는 경우도 있습니다.
흔한 예로 화장실에 자주 가는 습관이 있는 사람과 마주 앉
아 있으면 나도 그렇게 된다든가, 어떤 사람의 말투를 따라
하게 되는 일 등이 있지요.

그렇게 되었을 때, 그것을 옆에서 보고 있는 또 하나의 자
신이 없다면 일이 곤란해집니다. 자신이 상대방을 몽땅 받아
들여서 그 사람과 같은 상태가 되어 버리면 치료를 할 수가
없어지니까요. 나는 그렇게 아슬아슬하게 살고 있는 셈입니

다. 너무 지쳐서 이러다 내가 죽는 게 아닌가 싶을 때도 있었어요.

하지만 요즘은 전보다 깊이를 가지고 받아들이게 되었습니다. 아주 딱한 사람이 찾아와도 그 사람만큼 나도 힘들어지는 일은 많이 줄었지요.

무라카미 한번 여쭤보고 싶었는데, 부부란 일종의 상호 치료적인 의미가 있다고 생각하십니까?

가와이 엄청나게 많이 있지요. 그래서 괴로움도 그만큼 심한 것 아니겠습니까? 부부가 서로 이해하려면 이성만으로 대화해서는 안 됩니다. '우물'을 파야지요.

무라카미 저도 결혼한 지 25년이나 되어서인지 그 말씀에는 깊이 공감이 갑니다. 지금까지는 너무 가까운 곳에 있는 절실한 존재였기 때문에 도리어 아내에 대해서는 쓸 수가 없었어요.

제 소설의 등장인물은 대부분 혼자였습니다. 제 소설에는 부모가 나오지 않아요. 자식도 없고 아내도 없는 경우가 많았습니다. 나오는 건 친구나 창녀 정도였죠. 그런데 이제야 간신히 《태엽 감는 새》에서 부부에 대해 쓸 수 있게 되었습니다.

가와이 나는 그 소설이 부부 문제를 그린 훌륭한 작품이라고 생각하며 읽고 있어요.

나도 지금 어떤 부부에 관한 이야기를 쓰고 있는데, 서로 사랑하는 두 사람이 결혼하면 행복해진다는 그런 바보 같은 이야기는 아닙니다. 그런 생각을 갖고 결혼하니까 우울해지는 거예요. 그렇다면 무엇 때문에 결혼해서 부부가 되느냐? 괴로워하기 위해서, '우물 파기'를 하기 위해서라는 것이 내 결론입니다. 우물 파기는 정말 어려운 일이죠. 그러니까 뭐 꼭 결혼하지 않아도 좋지 않을까 생각합니다.

무라카미 그건 하나의 지혜군요.

가와이 그렇죠. "나는 불행해, 불행하다고"라면서 한탄만 하고 남에게 민폐를 끼칠 바에는 차라리 이혼하는 것도 하나의 방법인 거죠.

무라카미 결혼을 몇 번씩 하는 사람도 있더라고요. 세 번, 네 번씩 말이죠.

가와이 그런 사람은 보통 '우물 파기'를 거부하고 있는 사람입니다. 우물을 파는 것이 힘드니까, 우물을 파기보다는 여기저기로 다른 사람을 찾아다닙니다. 하지만 결국 비슷한 사람과 또 결혼하지요.

무라카미 이혼하고서 다른 사람과 결혼을 했다가 다시 처음 상대와 결혼하는 사람도 있더군요.

가와이 그렇습니다. 결국 같은 일을 되풀이하는 거죠.

옛날에는 부부란 서로 협력해서 여러 가지 일을 하다가 그것을 마치고 죽는 것이 최고의 해피 엔딩이었습니다. 지금의 부부는 협력뿐만 아니라 이해하고 싶어 해요. 그러나 이해하려면 '우물 파기'를 할 수밖에 없지요.

무라카미 제가 《태엽 감는 새》를 쓸 때 문득 떠오른 이미지

괴로워하기 위한 결혼

"우리는 괴로워하기 위해서 결혼한다"라는 가와이 선생님의 정의는 매우 신선하고 재미있었습니다. 그렇게 단정적으로 말씀하시면 모두 난처해지지만 말입니다.

저는 결혼하고 나서 오랫동안 막연하게 결혼 생활이란 서로의 부족한 점을 메워주기 위한 것이라고 생각해 왔습니다. 하지만 최근에 와서(결혼한 지 벌써 25년이나 되었지만), 조금 달리 생각하게 되었습니다. 결혼은 오히려 서로의 부족한 점을 마구 들추어 내는—큰소리로 말하거나 말을 안 하는 차이는 있을지라도—과정의 연속에 불과하다고 생각합니다.

결국 자신의 부족한 점을 메울 수 있는 사람은 자기 자신밖에 없습니다. 타인이 메워줄 수 있는 게 아니지요. 그리고 부족한 점을 메우기 위해서는 무엇이 얼마나 부족한지를 스스로 정확하게 인식하는 수밖에 없습니다. 결론적으로 말하면, 결혼 생활이란 그런 냉엄한 상호 사상寫像, 지각 또는 사고에 의하여 과거의 대상이 의식에 다시 나타나는 상태 작업에 지나지 않는다는 생각을 요즘 들어 부쩍 하게 됩니다. 물론 이것은 단지 저의 개인적인 의견이지만, 아무튼 생각해 보면 무서운 일입니다. (무라카미)

는 나쓰메 소세키의 《문》에 나오는 부부였습니다. 제가 쓴 것하고는 완전히 다른 타입의 부부지만요. 제 머릿속 한구석에 그 이미지가 계속 남아 있었습니다. 남편은 결국 중이 되지요.

가와이 중이 되지만 다시 돌아오잖아요? 부부의 일이란 나쓰메 소세키가 쓴 것처럼 일반적인 의미에서의 부처님의 가르침을 받는다고 알 수 있는 게 아니에요. '우물 파기'를 해야 합니다.

그런 점에서 《태엽 감는 새》는 '관계'에 관한 정말로 대단한 이야기더군요.

무라카미 그렇습니다. 그게 저에게는 아주 큰 문제였어요. 주인공은 여러 등장인물에게 '관계 맺기'를 강요당합니다. 가사하라 메이, 그녀한테도 '관계 맺기'를 강요당하죠. 그리고……

괴로워하기 위한 결혼

그것은 결혼이 갖는 어느 한 면을 강조해서 말한 것입니다. 뒤에서 부부라는 것을 "이보다 재미있는 것도 없다"고 말했으니 이해해 줄 것이라 생각합니다. 정말로 '재미있는' 일 중에서 고통이 따르지 않는 것은 없답니다. "아무튼 생각해 보면 무서운 일입니다"에 동감합니다. (가와이)

가와이 가노 구레타가 있지요. "크레타 섬에 가자"고 말하는……

무라카미 맞아요. 그리고 또 한 사람, 마미야 중위는 자신의 인생을 떠맡기려고 하죠. 주인공은 여러 가지 형태로 관계를 강요당합니다. 아내인 구미코만이 도망칩니다. 떠나는 거죠. 하지만 주인공이 진정으로 관계를 맺고자 하는 사람은 바로 그녀입니다.

가와이 달리 표현하면 그때까지 주인공이 관계를 맺은 사람들은 구미코를 향한 통로 같은 것이라고 하면 될까요?

무라카미 이야기가 시작될 즈음에는 주인공에게 구미코와 관계를 맺을 자격은 없었습니다. 우물을 통과하는 것은 그 자격을 얻기 위한 것이었지요. 오페라《마술피리》에서 말하는 시련과 같은 것이 아닐까 싶어요. 물론 다 쓰고 나서 생각한 것이지만요.

결혼은 고통을 자초하는 건가?

가와이 사실 실생활에서도 갑자기 아내나 남편이 보이지 않게 될 때가 있지요.

무라카미 보이지 않게 되다니요……?

가와이 '이해하려고' 해도 전혀 이해할 수 없다는 걸 알게 되는 거죠. 지금까지 함께 살면서 그 사람에 대해 잘 안다고 생각했는데, 어느 순간 갑자기 모르겠다는 생각이 들 때가 있잖아요?

무라카미 그야 그렇죠.

가와이 그런 생각이 들고 난 후 상대를 이해하려고 하는 건 무척이나 힘든 일입니다. 대부분 상대를 비난해 버리고 말아요. 뭘 모르는 인간이라거나, 별 볼일 없는 존재라거나 하면서 말이죠.

무라카미 미국인 부부를 보면 함께 사는 동안에는 무척 사이가 좋고 다정합니다. 외출할 때는 손을 잡고 다니기도 하죠. 그런데 헤어질 때는 미련 없이 갈라서요. 일본처럼 좋아하는 마음이 없어도 함께 산다든가 아이 때문에 함께 사는 부부는 거의 없더라고요.

가와이 미국인은 자신들의 관계가 어딘가 진짜가 아니라는 의식이 있는 것 같아요.

무라카미 무슨 말씀이신지······.

가와이 그래서 언제나 의식적으로 다정하게 지내려는 거지요. 의식적으로 항상 서로 사랑하고 있다는 것을 확인하지 않으면 불안해서 견딜 수가 없는 겁니다. 그러나 확인이 안 될 때는 미련 없이 헤어집니다. 일본인은 좋게 말하면 사랑을 확인하지도 않은 채, 조금 전에 이야기했던 교활한 철학 아래 은근슬쩍 상대에게 동조하는 경향이 있어요. 내 생각엔 부부 관계란 그러는 편이 더 재미있을 것 같지만요.

무라카미 관계 속에 여러 가지 측면이 있다는 말씀인가요?

가와이 그렇죠. 서양의 부부는 '로맨틱한 사랑'을 기본으로 하지요. 그런데 로맨틱한 사랑은 그리 오래 지속되지 않아요. 만일 사랑의 로맨틱한 부분을 오래 지속시키고자 한다면 성적인 관계를 가져서는 안 됩니다. 성적인 관계를 가지면서 로맨틱한 사랑을 오래 유지하는 건 불가능해요. 부부 관계를 지속해 나가려면 다른 차원으로 들어가야 합니다.

무라카미 그 성적인 관계에도 일종의 치유 작용은 있지요. 하지만 어느 시점이 되면 다른 형태의 치유 작용이 필요한데…… 그때 '우물 파기'가 필요한 걸까요?

가와이 그렇습니다. 젊었을 때는 성적인 관계가 매우 중요하고 치유 작용도 하지만 그것만으로는 부족한 때가 오게 되

로맨틱한 사랑과 일본인

일본에서 결혼은 사회적, 집단적 의미가 강했습니다. 따라서 연애는 질서를 깨뜨리는 악으로 취급되는 경우도 있었습니다. 로맨틱한 사랑은 어디까지나 개인을 중시하는 문화에서 생겨난 것입니다.

그러나 본래 그 배후에 있는—종교적이라고도 할 수 있는—개인의 인격을 완성하려는 의도가 세속적인 결혼과 결부되자, 미국에서 볼 수 있는 곤란한 상황이 생겨나게 되었습니다.

일본인은 서양인 흉내를 내려고 하긴 하지만 로맨틱한 사랑의 본질을 이해하기는 극히 어렵습니다. 어설프게 흉내를 내기 때문에 그 위험성도 어설퍼서 일본에서는 오히려 부부의 평화를 유지하는 데 도움이 된다고도 할 수 있어요. (가와이)

지요.

무라카미 그 시점에서 우물 파기로 이행하지 못하는 사람은 다른 성적 치유 방법을 찾게 되는 걸까요?

가와이 그렇지요. 다른 상대를 찾아서 성적 관계를 맺든가, 일본이라면 '가정 내 이혼'이라는 상황이 벌어지는 것이지요. 마음속에서는 이미 헤어졌지만 일단은 그냥 한집에서 사는 그런 상황 말이죠.

또 다른 경우, 일본인 중에는 이성을 통해서 자신의 세계를 넓히기를 애초부터 포기해 버리는 사람도 있습니다. 그 대신 세심한 것을 조사하고 공부해서 학자가 되어 버리거나 하죠. 에로스eros, 성性 본능·자기 보존 본능을 포함한 생生의 본능가 다른 쪽을 향하는 거예요. 에로스의 대상을 다른 이성에게 돌리는 일은 상대방이 살아 있는 사람이니까 쉬운 일이 아닙니다. 하지만 예를 들어 에로스의 대상을 고문서로 바꾼다면 일이 쉬워지지요. 좀이 슬지나 않았을까, 이게 무슨 글자일까, 하고 생각하는 것에 엄청난 정열을 불태우는 건 위험성이 적으니까요.

무라카미 회사에서 열심히 일을 하는 것도 마찬가지겠죠.

가와이 그렇지요. 에로스의 대상을 살아 있는 인간이 아닌 것에서 찾는 사람은 아주 많습니다.

무라카미 하지만 무조건 어느 쪽이 낫다고는 할 수 없지요.

가와이 그렇습니다. 결국 자신이 어떤 식으로 살아가느냐가 중요해요. 부부 사이의 관계를 굉장히 소중히 여기는 삶을 사는 사람은 그리 많지 않을지도 모릅니다. 나는 굉장히 재미있다고 생각하지만요. 이보다 재미있는 것도 없는 것 같습니다. 그리고 일본인에게 있어 부부라는 것은 '종교'를 이해할 수 있는 출발점이 아닐까 하는 생각도 들어요.

무라카미 저는 격투를 하고 있다는 기분이 들곤 하거든요.

가와이 그렇습니까? 결국에는 완전한 답은 얻을 수가 없고 자신이 제어할 수 있는 단계를 넘어선 존재와 마음의 움직임이 있다는 것을 깨닫게 되지요. 그래서 부부 관계가 바로 종교성을 실감하는 출발점이 아닐까 하는 겁니다. 굳이 그렇게 생각할 필요까지는 없지만요.

무라카미 고문서에 빠져서 지내더라도 그게 즐거우면 된다는 말씀이군요.

가와이 그런데 남편이 고문서에서 즐거움을 찾는다고 해도 아내가 부부 본연의 모습을 중요하게 여기는 사람이라면 자칫하다 비극이 일어날 수도 있어요. 아내도 '부부 본연의 모습' 같은 것은 내팽개쳐 두고, 자녀에게 열성을 보인다든가 요리하는 데 전념할 수 있다면 그럭저럭 안정된 상태를 유지할 수도 있겠지만요.

여러 가지 모습이 있기 때문에 어떤 것이 더 좋다고는 말할 수 없지만, 적어도 자신이 어떤 행동을 하고 있다는 것은 자각하고 있어야 해요. 잘못하면 남에게 폐를 끼칠 수도 있으니까요.

무라카미 남에게 폐를 끼친다니요?

가와이 예를 들면 남편이 고문서에만 열중하고 있어서 아내가 몹시 불만스러워 하는 경우가 있겠지요.

남편은 고문서에 열중하고 아내는 육아에서 기쁨을 느끼는 경우라면 그건 안정된 상태라고 할 수 있습니다. 하지만 아내가 부부 사이의 관계를 중시한다면 남편이 하고 있는 행동은 아내에게 해를 끼치는 일이잖아요? 그렇기 때문에 자신의 행동이 누군가에게 해를 끼칠 수도 있다는 점을 늘 염두에 두어야 합니다. 이것은 서양식 사고방식일지도 모르겠지만 결국 개인의 책임 문제니까요.

하 루 키 , 하 야 오 를 만 나 러 가 다

둘째
날 밤

우리는 이제
어디로 가야 하는가?

신체와 정신의 상관관계

무라카미 소설을 쓰기 전에는 제 몸에 대해서 그다지 흥미를 갖지 않았습니다. 그런데 소설을 쓰다 보니까 저 자신의 신체적인 것, 혹은 생리적인 것이 굉장히 흥미롭게 느껴지더군요. 그래서 몸을 움직이기 시작했는데 그랬더니 몸이 달라지는 겁니다. 맥박도 근육도 체형도 달라졌어요. 몸이 변화하는 것과 동시에 저의 소설관과 문체도 점점 변하는 것을 알 수 있었습니다. 신체의 변화와 정신의 변화는 서로 호응하는 걸까요?

가와이 호응하는 게 당연하지요. 옛날의 이른바 문인文人

이라는 사람들은 자신들이 언어와 정신에 관련된 일을 하니까 신체와는 상관이 없다는 식으로 몸을 무시하거나 경멸했어요. 폭음을 하는 것은 자신의 몸을 경멸하는 겁니다. 그런 사람의 문제와 무라카미 씨처럼 신체를 단련한 사람의 문제는 완전히 다르지요.

옛날 일본 작가들은 그런 의미의 신체를 포함한 문체와 작품까지는 별로 생각하지 않았을 겁니다.

무라카미 거기에는 시대적인 이유도 있었을까요?

가와이 옛날 사고방식으로는 비교적 단순하게 정신과 신체를 구분하지 않았나 싶어요. 근대까지도 그런 사고방식이 어느 정도 남아 있었습니다. 최근에는 그렇게 단순한 것이 아니라는 걸 알게 되었지만요.

데카르트 식으로 표현하려는 건 아니지만, 근대에는 본래 마음과 몸을 따로 나누어 생각하고 접근하려 했습니다. 그래서 마음이 중요하면 몸은 중요하지 않다는 식의 지극히 단순한 사고방식이었던 게 아닐까요?

무라카미 요즘의 젊은이들한테서는 그렇게 정신과 신체를 명확하게 나누는 사고방식은 거의 찾아볼 수 없는 것 같군요.

가와이 네, 많이 변했을 겁니다. 그래서 섹스와 관련된 여러 가지 문제가 생겨나고 있지요. 정신과 육체 사이에 있는 것이 바로 섹스니까요.

무라카미 글은 체력이 없다면 쓸 수 없습니다. 집중력이라고 할까요, 지속력이 없으면 이야기를 끌어나갈 수 없다는 생각이 듭니다.

제 경우를 말씀드리자면, 제가 쓰는 이야기는 시간이 갈수

젊은 세대의 신체관에 대해서

한 가지 분명하게 말할 수 있는 것은 신체적인 감각의 가치가 그대로 정신적인 감각의 가치로 이어지는 경향이 시간이 흐를수록 강해진다는 사실입니다. 요컨대 "기분이 좋으면 그걸로 됐다"는 식의 사고방식은 1960년대의 반항 문화인 카운터컬처counter-culture, 지배 문화에 대항하는 하위 문화, 또는 지배 문화에 대항하여 새로이 창조되려고 하는 문화나 약물 체험 같은 것부터 일관되게 지속되고 있는 경향입니다. 그것은 잘못된 것이 아니라 하나의 정신 자세라고 생각합니다.

하지만 저도 나름대로 나이를 먹으니 알게 된 겁니다만, "계속 기분 좋게 지낸다"라는 건 말은 쉬워도 그렇게 간단한 일이 아닙니다. 그냥 잔디밭 위에 누워 있어봐야 사과는 절대로 떨어지지 않아요. 계속 기분 좋게 지내려면 나름대로 노력을 기울여야 합니다. 그걸 쉽게 해결하려고 하면 결국 약물이나 매춘 같은 쪽으로 흐르기 쉬운 거지요. 이래저래 번잡한 소리를 늘어놓고 싶지는 않지만, 아무래도 새로운 시대의 윤리성 같은 것이 어느 정도 필요하지 않을까요? 그 윤리성은 신체성을 기조로 한 유연한 철학 같은 것이 되리라 생각합니다. 다만 이 경우 망상적인 폭력성(예를 들면 옴진리교 사건과 같은)을 단호히 배제하는 힘을 갖는 것이 가장 중요한 문제가 될 것 같습니다. (무라카미)

록 점점 더 길어졌습니다. 다시 말해 책이 점점 더 두꺼워져 가는 거죠. 저 스스로 제 안의 지속력과 집중력을 높여가지 않았다면 물리적으로 그렇게 할 수 없었을 겁니다.

반대로 말하면, 그런 커다란 이야기를 만들어내는 재능의 부활은 신체의 부활과 연결되어 있는 것이 아닌가 하는 생각도 합니다.

제가 좋아하는 미국 작가 중에 존 어빙이라는 사람이 있는데, 이 사람은 현대 미국에 '이야기'를 부활시킨 사람이라고 볼 수 있어요. 존 어빙도 몸을 움직이는 것을 매우 좋아하는 사람이라 지금까지도 레슬링 코치를 하고 있습니다. 그를 만나서 인터뷰를 하려고 했더니, "시간이 없으니까 함께 센트럴 파크를 달립시다"라고 하더군요. 그래서 함께 달리면서 인터뷰를 했습니다. 그런 면에서는 소설가의 생활 의식도 많이 달라졌다는 느낌이 듭니다.

또 《태엽 감는 새》에 나오는 '벽 통과하기' 같은 것도 전혀 허구의 것이지만 힘이 필요합니다. 벽을 통과하기 위해서는 기합을 넣어야 하고요. 자기 자신에게 져서도 안 되지요. 그런 의미에서 우선 힘이 필요합니다.

또 한 가지, '벽 통과하기'에는 우물 바닥으로 내려가서 일종의 황천길로 들어가는 듯한 그런 감각이 필요합니다. 깨끗

하게 하는 촉매 같은 것, 부정한 것을 제거하는 신체적인 정결함 같은 것도 매우 중요하지요.

가와이　말씀하신 '벽 통과하기' 같은 것을 쓸 때도 체력이 없으면 그 장면의 이미지가 달라질 겁니다. 벽을 통과하는 데에도 힘이 필요하니까요.

그런 이야기를 만들어낼 때 머리로만 지어내서는 전혀 말이 되지 않습니다. 그런 건 '지어낸 이야기'일 뿐이지요. '지어낸 이야기'에는 몸이 들어가 있지 않습니다. 독자는 그런 이야기를 좋아하지 않습니다.

일본인은 그 차이를 잘 몰라서 판타지라면서 '지어낸 이야기'를 쓰는 사람이 있습니다. 그런데 무라카미 씨의 이야기

'몸이 들어간다'는 것

'벽 통과하기'에 엄청난 에너지가 필요하다는 것을 보통 사람이 이해하기는 어려울지도 모릅니다. 여기에는 실제로 벽을 뚫을 수 있을 정도의 에너지가 필요합니다. 머리로 생각하는 것이 아니라 자신이 정말로 우물에 들어가서 벽을 통과할 수 있을 정도의 집중력과 체력을 사용해야 합니다. 그때 그곳을 통과하는 이미지가 자율적으로 생겨나지 않으면 소용이 없어요.
이때는 자신의 '생각'을 초월한 것이 되어야 합니다. 이런 것을 자신이 가진 능력 이상으로 행하게 되면 몸에 병이 생기는 경우도 있습니다. 체력도 상당히 많이 필요하기 때문입니다. (가와이)

에는 그런 것이 느껴지지 않아요. 무라카미 씨의 이야기에는 자신의 신체가 제대로 관련되어 있다는 것이 느껴집니다.

무라카미 여쭤보고 싶은 것이 있습니다. 모래놀이치료의 경우에도 '지어낸 이야기'와 '몸이 들어가 있는 이야기'의 차이가 있나요?

가와이 모래놀이치료에서는 무엇을 만들어도 상관이 없습니다. 그러니까 전혀 몰입하지 않아도 형태만은 만들 수 있어요. 여기저기에 물건을 대충 배치하고 다 했다고 말하면 되니까요. 하지만 그런 건 하는 사람도 보는 사람도 재미가 없어요.

모래놀이치료에 관한 강습회를 했을 때, 아주 아름다운 꽃을 듬뿍 사용해서 만다라_{부처나 보살의 많은 상像을 기하학적인 도형의 양식으로 그린 그림}를 만든 사람이 있었습니다. 하지만 우리는 그것을 보고 전혀 감동하지 않았습니다. 그것을 만든 사람에게 왜 이런 것을 만들었냐고 묻자, "모래놀이치료라는 게 만다라를 만드는 것 아닙니까?"라고 하더군요. 어디서 그런 이야기를 듣고 와서 만다라를 만들어야 한다고 생각했던 거죠. 그것은 그 사람의 내면에서 나온 것이 아닙니다.

무라카미 자기 내면에서 나오는 것을 만드는 사람도 물론 있겠지요.

가와이 그런 사람이 만든 걸 보면 모두 무척 감동합니다. 그게 참 신기한 일이에요.

무라카미 그 차이는 어디에서 나오는 걸까요?

가와이 거기에 투입하는 에너지의 양이라는 것이 연관되어 있겠지요.

무라카미 하지만 모래 정원을 만들려는 사람은 어떤 병이나 문제를 안고 있어서…….

가와이 그때는 진짜 치료가 아니라 강의할 때였어요.

무라카미 아, 그때는 환자가 아닌 사람이 만들었다는 거로군요?

가와이 네, 병이 있는 사람은 좀 다릅니다. 병이 있는 사람은 박력이 있어요.

무라카미 박력이 있다고요?

가와이 네, 다들 드러내고 표현해야만 할 것이 있기 때문이겠지요. 다만 병이 있는 사람 중에는 두려움을 느껴서 모래 정원을 만들지 못하는 사람도 있어요.

무라카미 '지어낸 이야기'를 만드는 병이 있는 사람은 없나요?

가와이 그런 사람도 결국에는 마음에 병이 있는 사람이니까 제대로 된 모래 정원을 만들어 낼 수가 없지요.

무라카미 진짜 마음속의 자신을 드러내어 표현할 수가 없는 것이군요.

가와이 그렇습니다. 더 이상 도망칠 수가 없는 거지요. 찾아오지 않거나 모래 정원을 만들지 않게 되곤 합니다.

무라카미 조금 전의 이야기로 돌아가자면, 병이 있는 사람이 만드는 모래 정원은 나름대로 제대로 된 이야기가 된다는 말이로군요.

가와이 마음에 병이 있는 사람이 모래 정원을 만들 경우, 그것이 변해 가는 모습을 사진을 찍어 보면 아마추어라도 대충 알 수 있습니다.

그런데 보통 사람이 모래 정원에 꾸며 놓은 물건은 정말 아무 재미가 없어요. 그러니까 이른바 '정상인'은 시시한 것, 일탈하지 않은 물건을 꾸며 놓는 재능을 갖고 있는 거죠.

무라카미 말하자면 아침에 일어나 회사에 출근해서 일을 하고 집으로 돌아오는 것은 일종의 그런 재능이겠군요.

가와이 재능이지요.

무라카미 병이 있는 사람들이 만든 것 중에도 아주 재미있는 것과 그렇지 못한 것이 있고 각자 수준이 다르겠지요?

가와이 어느 정도는 다르지요. 깊이에 차이도 있고 더러는 아주 대단한 것도 있습니다.

반대로 '정상인'이 최선을 다해 몰입해서 만든 것이 정말 굉장한 것일 때도 있어요. 하지만 그런 건 만드는 사람으로서는 무척 힘든 일이거든요. 어지간히 조건이 잘 갖추어지지 않으면 쉽게 할 수 없는 일이지요.

무라카미 만든 사람의 병의 깊이와 그것을 남이 보았을 때의 감동의 크기는 비례하나요?

가와이 그렇지는 않습니다. 그건 매우 어려운 문제에요. 병이 너무 깊으면 그 전부를 표현할 수 없으니까요. 그렇게 되면 일부만 표현하거나 오히려 도망치고 싶은 마음이 앞서게 됩니다. 그래서 병의 깊이와 작품의 깊이는 다소 일치하지 않는 면이 있어요.

무라카미 인간은 누구나 병이 들면 이야기를 만들어 내는 능력이 잠재되어 있다가 나오는 것일까요?

가와이 그것도 어려운 문제인데, 인간은 어떤 의미에서는 모두 병자라고 할 수 있어요. 또 이른바 병을 앓고 있는 사람

대단한 모래 정원

여기서 말하는 '대단한 모래 정원'이란 그것을 보았을 때 받는 강한 충격, 뜻밖의 표현, 정원을 계열적으로 보았을 때의 전개의 의외성, 미적인 감동 등을 의미합니다. (가와이)

이라도 그것을 표현할 만한 힘이 없으면 형태로 나타나지 않습니다. 병을 가진 사람이라도 피로나 두려움 같은 것만 나타낼 뿐 좀처럼 이야기를 구축하지 못하는 경우도 있습니다.

무라카미 인간은 누구나 병들어 있다는 의미에서 보면 예술가나 창작을 하는 사람도 환자라고 할 수 있을까요?

가와이 물론 그렇지요.

무라카미 거기에 더해 건강한 상태여야 하는군요.

가와이 그건 표현이라는 형태의 힘을 가져야만 한다는 뜻이지요. 그리고 예술가는 시대의 병이나 문화의 병을 떠안는 힘을 갖고 있다는 말도 되고요.

그렇기 때문에 예술가는 개개인이 각자의 병을 앓으면서도 그 개인적인 병을 어느 정도는 초월해 있다고 볼 수 있어요. 개인적인 병을 초월해서 시대의 병이나 문화의 병을 떠안음으로서 그 사람의 표현이 보편성을 갖게 되는 겁니다.

작품과 작가의 관계

무라카미 저 개인에 관해 말하자면, 스스로 판단하기에 저라는 인간은 어느 정도 병들어 있다고 생각합니다. 병을 앓고 있다기보다는 부족한 부분을 갖고 있다고 해야 할까요? 물론 인간은 태어날 때부터 많든 적든 부족한 부분을 갖고 있기 때문에, 그것을 메우기 위해 각자 여러 가지로 노력합니다. 제 경우는 서른 살이 지나서 글을 쓰기 시작했고요. 그것이 제 부족한 점을 메우기 위한 하나의 작업이 되고 있습니다.

다만 메우고 또 메워도 부족한 점이 완전히 메워지지는 않습니다. 처음에는 간단한 것으로도 잘 메울 수 있지만, 다음에는 점점 더 복잡해져야만 메울 수 있습니다. 예술 행위도 그런 측면을 가지고 있는 걸까요?

가와이 그렇다고 생각합니다. 또 그 메우는 것, 표현이라는 것은 혼자만 납득하는 것이 아니라 모두에게 통하는 것이어야 합니다. 그러기 위해서는 뛰어난 테크닉도 필요하고 연구도 필요하지요. 그리고 자기 나름대로 얻은 테크닉과 패턴을 다시 깊게 파고들어 차례차례로 뛰어넘어 가야만 오래 계속될 수 있습니다.

무라카미 제가 이상하게 생각하는 것은 예컨대 모차르트나 슈베르트 같은 사람은 그것이 나타나는 기간이 매우 짧았다는 겁니다. 매우 자연스럽게 나타났다가는 갑자기 사라져

부족한 점을 메운다

"부족한 점을 메운다"라는 것에 대해서는 설명이 필요하다고 생각합니다. 한 가지 확인해 두고 싶은 것은 부족함 그 자체는(혹은 아파하는 것은) 인간에게 결코 부정적인 것은 아니라는 점입니다. 부족한 부분이 있는 것은 당연합니다. 그러나 인간이 무엇인가를 진지하게 표현하려고 할 때는 '부족한 부분이 있어도 당연하며 이 정도면 됐다'라고 생각하지는 않지요. 어떻게든 그것을 메워 나가려고 합니다. 그 행위에 결과적으로 객관성이 있는 경우에는 예술이 될 수 있습니다. 그런 얘깁니다. (무라카미)

버리는 거죠. 육체가 따라가지 못하는 경우도 물론 있었겠지만요.

반면에 그렇지 않고 반복해서 변증법적으로 신장해나가는 베토벤이나 말러 같은 사람도 있죠.

가와이 그것은 개성이라고 할까, 어쩔 수 없는 일입니다. 모차르트 같은 사람은 정말로 그 작품의 희생자라는 느낌이 들어요.

무라카미 저 자신은 반복해서 변증법적으로 해 나가는 타입이라고 생각합니다.

가와이 이번의《태엽 감는 새》는 그런 느낌이 매우 강하더군요. 앞으로도 무라카미 씨는 상당히 많은 작품을 쓸 것 같아요.

무라카미 어떤 의미에서 그렇게 생각하셨습니까?

가와이 무라카미 씨의 작품에는 구조랄까 구성이 제대로 갖추어져 있어요. 과거 일본의 사소설은 구조랄 것이 없었지요. 《태엽 감는 새》를 읽을 때는 이 작품이 2권으로 끝나는 작품인지 아니면 3권으로 끝나는 작품인지 구조를 생각하며 읽어야 합니다. 3권으로 끝나는 작품이라고 생각할 경우에 이 작품은 엄청난 구조를 갖게 됩니다. 또 아직 이해할 수 없는 부분도 많이 남아 있다고 생각합니다. 이런 식으로 나간다면 무라카미 씨는 다시 다음 작업이 가능하겠구나, 라고 생각한 겁니다.

무라카미 제가 《태엽 감는 새》에 대해서 말씀드리자면 무엇이 어떤 의미를 갖고 있는지 저 자신도 전혀 알 수가 없어요. 제가 지금까지 써온 어떤 소설들보다도 더 알 수가 없습니다.

가령 《세계의 끝과 하드보일드 원더랜드》는 상당히 비슷한 수법으로 쓴 작품이기는 하지만, 어느 정도는 그 의미를 스스로 파악하고 있었습니다.

그런데 이번에는 저도 뭐가 뭔지 잘 알 수가 없습니다. 어째서 이런 행동을 하는지, 그것이 어떤 의미를 가지고 있는지, 글을 쓰고 있는 저 자신도 모르겠는 겁니다. 그것이 제게는 커다란 문제였고 그런 만큼 에너지를 소비할 수밖에 없었

'사소설'에 관해

일본에서는 자기와 타인의 구별이 서양처럼 명확하지 않아서 '나'라고 말하면서 동시에 그것이 '세계'와 동일한 의미를 가지기도 합니다. 이러한 애매함을 적절하게 이용한 사소설은 서양인이 '자기 자신'을 이야기하는 것과는 전혀 다르지요. 그런 사소설이 성공했을 때는 신변의 여러 가지 잡다한 일이 '세계'와 같은 의미를 갖는다는 의도를 가지고 쓴 겁니다. 다만 이것이 국제성을 갖기는 아주 어려울 겁니다. (가와이)

어요.

가와이 예술 작품이라는 것에는 반드시 그런 면이 있을 거라 생각합니다. 그렇지 않다면 오히려 재미없지 않을까요? 작가가 전부 알고 만드는 것은 예술이 아니지요. 추리소설 같은 것은 앞뒤가 맞게끔 장치가 되어 있지만, 예술 작품에는 작가가 모르는 것이 잔뜩 들어 있는 게 당연합니다.

무라카미 물론 다 쓰고 난 후, 다른 사람이나 비평가가 읽는 수준에서 작품을 읽고 거기에 대해 스스로 생각할 수도 있습니다. 그럴 때 가장 곤란한 것은 내가 한 사람의 독자로서 읽고 의견을 말해도 사람들은 그것을 작가의 의견이라고 받아들이는 점입니다.

가와이 작가가 말하는 것이 가장 정확하다고 생각하는 사람이 있다는 말이군요. 그런 바보 같은 일이 또 어디 있겠습니까?

무라카미 제가 미국인 학생들에게 그렇게 말하면 모두 화를 내더군요. 가령 세미나를 하면서 제 단편을 교재로 삼아 학생들에게 읽게 하면 "무라카미 씨는 어떻게 생각합니까?"라고 묻습니다. 그래서 "저는 이렇게 생각해요. 그렇지만 이건 여러분들의 생각과 마찬가지로 하나의 의견에 지나지 않습니다"라고 대답하면 "하지만 그 작품은 당신이 쓴 거잖아요?"라고 말하더라고요.

미국인에게는 그런 경향이 없나요?

가와이 미국인은 특히 서양식 에고를 매우 중요하게 여기기 때문에 자신의 의사나 생각 같은 것에 크게 의존합니다. 그래서 작가가 쓰고 작가가 말하면 그것이 옳다고 생각하는 게 아닐까요?

유럽에 가면 조금 다릅니다. 유럽은 긴 역사를 가지고 있어서 여러 가지 이상한 일을 많이 경험했으니까요.

그런데 미국에서는 '에고는 곧 그 사람'이라고 생각하는 경향이 아직도 강한 게 아닐까 생각합니다. 자기 힘으로 사업을 일으키고 자기 힘으로 돈을 벌고 자기가 하고 싶은 일을 하는 게 뭐가 나쁘냐, 그렇게 하지 못하는 사람에게 문제가 있는 거다, 이런 사고방식을 가지고 있는 거죠. 그래서 예술적인 작품까지 그런 식으로 생각하는 게 아닐까요?

그러나 작품이 작가를 뛰어넘지 못한다면 재미가 없지요.

이야기 속에 담긴 결합하는 힘

무라카미 이야기라고 하는 것이 힘을 잃은 시대도 있었지만 요즘 다시 살아나려 하는 것 같습니다. 그런데 옛날에는 이야기라는 것이 신체성이라든가 그런 것과는 상관없이 그저 자연스럽게 존재했던 것은 아닐까, 라는 생각이 듭니다.

가와이 옛날에는 그런 어려운 말을 하지 않아도 신체와 정신이 한데 어우러져 있었어요. 이야기와 소설의 차이라는 말을 할 필요도 없었습니다. 이야기밖에는 없었으니까요.

그런데 세월이 흐르면서 이야기라는 것을 한번 부정했던 시점에서 다시 이야기의 문제가 대두되었지요. 그래서 여러 가지로 의식하게 되고 요즘 말하는 신체적 윤리라는 개념도 나온 거라고 생각합니다.

지금 우리가 포스트모던이라며 여러 가지로 더듬어 찾고 있는 것들이 옛날에는 흔히 볼 수 있는 것들이었어요. 그래서 나는 옛날이야기나 일화 같은 것을 무척 좋아합니다.

내 가설이지만, 이야기는 여러 가지 의미를 연결시키는 힘을 갖고 있습니다. 지금 말씀하신 신체와 정신이나 내계와 외계, 남자와 여자를 매우 밀접하게 연결시키는 힘을 갖고 있습니다. 좀 더 정확하게 말하면, 그것들을 일단 나누었다가 다시 연결시키려는 의식을 가진 것은 우리 현대인입니다. 당시에는 그것들이 지금처럼 나뉘어 있지 않았기 때문에 이야기가 존재했던 겁니다.

그 후 이야기는 현실과 다르다고 해서 평이 나빠졌지만, 옛날에는 이야기와 현실이 뚜렷이 나뉘어 있지도 않았습니다.

그러나 서양의 경우, 특히 그리스도교 문화권의 경우에는 신과 인간의 매개체로서의 이야기가 성서에 쓰여 있습니다. 이것은 이미 절대적으로 정통적인 것, 성경, 즉 책이며, 그 외의 이야기는 허용되지 않았습니다. 그 외의 이야기를 만드는 것은 곧 신성 모독 행위였어요. 그래서 서양에서는 좀처럼 이야기가 생겨나기 어려웠고, 인간이 신에 대해서 어느 정도 힘을 갖게 된 무렵에 이르러서 드디어 《데카메론》과 같은 이야기가 나왔습니다.

무라카미 르네상스 무렵이지요.

가와이 그제야 다른 이야기를 만들 수 있게 되었지만, 그 대신 어느 정도 안티 그리스도적인 이야기여야 했죠. 어느 정도 신에게 대항하는 이야기를 만들어야 했던 겁니다. 그래서 그런 이야기들이 탄생했다고 생각합니다.

그렇지만 일본에는 그렇게 강한 신이 없었기 때문에 이야기가 자연 발생적으로 속속 모습을 드러내게 된 것이 아닐까 싶습니다.

무라카미 《겐지 이야기》를 쓴 무라사키 시키부의 경우 매우 의식적으로 이야기를 만들었다는 느낌이 들었어요. 그렇지 않습니까? 이야기의 방식과 구조가 아주 복합적이에요. 단순이 공기처럼 이야기가 거기에 존재했다는 것만으로는 미흡한 것 같은데요……

가와이 그렇지요. 이야기를 만들어야 하니까요. 그리고 이야기를 만드는 개인이 존재해야 하지요. 그런 점에서 당시의 여성은 개인으로서 존재할 수 있는 환경에 속해 있었던 게 아닐까 싶습니다.

다시 말하면, 남성은 전부 조직에 속해 있지 않았습니까?

여성도 신분이 높은 사람은 조직에 속해 있었지만, 그런 사람을 섬기는 무라사키 시키부 같은 사람들은 굉장히 자유로 웠지요. 제 생각에는 그 무렵의 이야기는 대부분 여성이 썼다고 봅니다. 남성이 쓴 것은 없잖아요?

무라카미 여성들이 사회적 시스템에서 한 걸음 물러난 곳에 있었다는 것이군요.

가와이 어느 정도 떨어져 있었고 그래서 시간도 있었던 거죠. 어느 정도 돈도 있었고, 모든 것이 적당하게 어느 정도 갖추어져 있었습니다. 그리고 노력을 해도 자신의 지위가 올라가는 일은 절대로 없었어요. 그런 여건이면서 머리도 좋았기 때문에 이야기를 만드는 쪽으로 힘을 쏟을 수 있었던 것 같습니다.

개인으로서의 여성

'일본적 체제에 편입되어 있다', '시간과 돈도 어느 정도 있다', '출세나 재물을 쌓는 것에는 그다지 관심이 없다', 이런 조건들은 현대 일본에서 창조적인 일을 하고 있는 여성에게 그대로 해당됩니다. 지금 일본에서 씩씩하고 자유롭게 창조성을 발휘하고 있는 사람은 남성보다 여성이 훨씬 더 많지 않을까요? 현재 일본의 사무라이는 여성들이고, 남성 사무라이는 찾아보기 어렵다는 생각이 듭니다. (가와이)

인과 법칙을 넘어서

무라카미 《겐지 이야기》 속에 있는 초자연적인 현상은 현실의 일부로서 존재했던 것인가요?

가와이 어떤 현상 말입니까?

무라카미 예컨대 원령怨靈 같은 것 말입니다.

가와이 나는 그런 것이 모두 현실이라고 생각합니다.

무라카미 이야기의 장치로써가 아니라 완전히 현실의 일부로서 존재했단 말인가요?

가와이 네, 전부 존재했던 것이라고 생각합니다. 장치로써 쓴 게 아니고요.

무라카미 하지만 현대의 작가들은 그런 것을 하나의 장치로써 쓸 수밖에 없습니다.

가와이 그래서 지금은 이야기를 쓰기가 무척 힘들지요.

무라카미 하지만 제가 느끼기로는 이야기 속의 초자연적인 현상들이 하나의 장치로써 쓰이다가 어느 시점에서 장치를 뛰어넘은 것 같습니다.

가와이 장치로써 쓰였다고는 해도 장치를 넘어서지 못하면 예술 작품이 될 수 없겠지요. 아까도 말씀하셨듯이 '벽 통과하기'에 에너지가 필요하다는 것이죠. 에너지가 없으면 절대로 작품이 될 수가 없습니다. 하지만 이 부분에서 이런 장치를 사용해야겠다, 라는 의식은 있겠지요.

무라카미 물론입니다. 그것을 현실로 믿고 있는 것은 아니니까요.

가와이 그리고 그 다음에는 무언가에 그냥 맡기겠지요? 그 부분이 매우 재미있는 점입니다.

무라카미 저는 이즈미 쿄카_{일본 메이지 시대의 요괴, 향토적 소재 등을 적극적으로 활용한 환상문학 소설가}는 그런 의식을 어느 정도나 가지고 있었을까 생각해 보곤 하는데 사실 잘 모르겠어요.

가와이 저도 잘 모르겠습니다.

무라카미 지금 이즈미 쿄카가 재평가되고 있는 것은 이해가 갑니다. 마지막 작품은 특히 그런 부분이 불분명한 것이 아니었나, 그런 느낌이 듭니다.

가와이 현대 소설에서는 이렇게 재미있는 일이 우연히 발생했다, 라고는 쓸 수 없지요. 모두가 납득할 수 있도록 써야 합니다. 그러나 실제로는 재미있는 우연이 많이 있어요.

무라카미 그렇지요.

가와이 누군가가 치유되어 가는 과정을 지켜보다 보면 무척 재미있는 우연이 일어납니다. 그리고 그 우연을 계기로 점차 병이 낫게 되지요.

내가 이런 이야기를 하면 다들 "그런 말도 안 되는 일이 어디 있어요?"라는 반응을 보입니다. 하지만 실제로 있었던 일인 걸 어쩝니까? 현실을 그대로 이야기하는데도 모두 "이상해, 이상해"라고 말합니다. 왜냐하면 모두 '현실은 이러이러해야 한다'는 근거 없는 생각을 갖고 있기 때문이죠.

현실적으로는 재미있는 우연은 쉽게 일어나지 않는다는 전제 아래 현대 소설이 쓰인다면 그건 모두 SF가 될 겁니다. 근대 소설에는 진정한 리얼리티 같은 것은 없으니까 이를테면 공상과학소설 같아요. 과학에 얽매여, 즉 인과적으로 설명이 가능한 일만 일어나야 된다는 건 어리석은 생각입니다. 실제로 내가 경험한 현실에서는 우연이 너무나 많으니까요.

나는 이따금 농담 반 진담 반으로 "당신은 절대로 낫지 않을 겁니다"라고 환자에게 말합니다. 그러나 "우연이라는 것도 있으니까, 나는 그것에 기대를 걸겠습니다. 한번 해봅시다"라고 말하지요. 그러면 실제로 그렇게 되더군요.

내가 하는 일이라는 것은 우연을 기다리는 거래라고 할 수도 있습니다. 모두가 우연을 기다릴 힘이 없기 때문에 뭔가 필연적인 방법으로 치료하려 하다가 실패하곤 합니다. 하지만 나는 치료하려고 하지 않고 계속 우연을 기다립니다.

무라카미 하지만 우연을 기다리는 것은 힘든 일이지요.

가와이 그야 힘들지요. 아무것도 하질 않으니까요. 기다리고 있다가 운 좋게 우연이 일어난다면 그때는 열심히 노력해야겠죠.

무라카미 이번에 옴진리교 사건에 대해서도 평론가들 중에는 "픽션이 현실한테 졌다"고 말하는 사람이 많았습니다. 그러나 저는 그렇게 생각하지 않아요. 옴진리교 사건을 있는 그대로 픽션으로 써 봐야 아무도 읽지 않을 겁니다. 장치 자체가 지나치게 유치해서 소설로서 아무런 설득력이 없어요. 그러니까 이 경우 픽션이 현실한테 졌다는 표현은 성립하지 않는다고 생각합니다. 사실과 픽션은 이기고 지느냐의 문제가 아니라 영원한 보완 관계에 있어요. 그런데도 많은 사람들이 이런 종류의 단순한 표현에 공감하지요.

다만 저는 픽션이 현실보다 약하다고 생각합니다. 현실보다 강한 픽션이라는 것은 없다는 생각이 듭니다.

가와이 하지만 픽션에는 강한 면이 있습니다. 무라카미 씨

픽션의 힘은 강하고 넓은 길은 열려 있다

최근 들어 소설이 힘을 잃었다는 말을 자주 하는데, 여기서도 말한 것처럼 저는 결코 그렇게 생각하지 않습니다. 소설 이외의 미디어가 소설을 뛰어넘고 있는 것처럼 보이는 것은 그들 미디어가 제공하는 정보의 총량이 소설을 압도적으로 능가하기 때문입니다. 전달 속도도 소설에 비해 엄청나게 빠릅니다. 더군다나 그런 대부분의 미디어는 소설이라는 기능까지도 자기 기능의 일부로 탐욕스럽게 집어삼키려고 합니다. 그래서 소설이란 무엇인가, 소설의 역할이란 무엇인가에 대한 본래적인 인식이 불분명해졌습니다. 그것은 확실합니다.

그러나 저는 소설의 참다운 의미와 가치는 오히려 그 느린 대응성과 적은 정보량, 수공업적인 고생(혹은 어리석은 개인적 영위)에 있다고 생각합니다. 그것을 유지하는 한 소설은 힘을 잃지 않을 것입니다. 시간이 경과해서 그런 대량의 직접적인 정보가 썰물이 빠지듯 빠져나갔을 때 비로소 무엇이 남아 있는가를 알 수 있을 겁니다.

거대한 망상을 품고 있을 뿐인 한 가난한 청년이(혹은 소녀가) 맨주먹으로 세계를 향해 성실하게 외치려 할 때, 그것을 그대로—물론 그 혹은 그녀에게 행운이 있을 경우이지만—받아들여줄 만한 매체는 소설밖에 없을 겁니다.

상대적으로 힘을 잃고 있는 것은 문학이라는 기성의 미디어 인식에 의해 성립된 산업의 형태와 그것에 의존해 살아온 사람들에 불과하다고 생각합니다. 픽션은 결코 힘을 잃지 않았습니다. 뭔가를 외치려 하는 사람에게는 오히려 길이 넓어진 것이 아닐까요? (무라카미)

가 말씀하시는 의미와는 조금 다르지만, 이러니저러니 해도 한 사람의 인간이 만들었다는 의미에서 말이지요.

무라카미 또 한 가지, 예를 들어《겐지 이야기》는 어떤 한 시대의 풍경을 떠올리게 하는 힘이 있습니다. 그것은 픽션이 아니면 할 수 없는 일이죠.

그런데 무라사키 시키부는 무엇을 위해 그 작품을 썼을까

픽션과 일반적 사회 풍조

무라카미 씨가 소설의 가치에 대해서 "그 느린 대응성과 적은 정보량, 수공업적인 고생"을 말씀하셔서 아주 기뻤습니다. 무엇이든 내 직업과 연관 지어서 미안하지만, 이것이야말로 내가 하고 있는 심리치료의 장점이라고 생각하기 때문입니다. 이는 곧, 내가 내 직업을 환자들이 '자신의 이야기를 발견해 나가는 것'을 돕는 일이라고 생각한 것이 틀리지 않았다고 간접적으로 증명해 주는 것 같습니다.

현대의 일반적 풍조는 무라카미 씨가 쓴 것과는 완전히 반대여서, "가능한 한 빠른 대응, 많은 정보의 획득, 대량 생산"을 목표로 움직이고 있습니다. 이런 경향이 인간의 영혼에 상처를 주고, 우리는 그 상처받은 사람들을 치유하기 위해 일반적 풍조와는 완전히 반대되는 일을 한다는 데서 의의를 찾게 되는 겁니다. 이렇게 생각하면 심리치료사가 하는 일과 작가가 하는 일에는 공통점이 있는 것 같아 기쁩니다.

그렇기는 해도 한 사람의 영혼에 깊은 상처를 주는, 앞에서 말한 경향이 개인주의를 외치는 서양에서 생겨났다는 아이러니에 대해서는 시간을 두고 생각해 봐야 할 것 같습니다. 개인을 무엇보다도 소중하게 생각하는 삶의 방식이 개인에게 가장 상처를 주는 경향을 낳고 있는 것입니다. (가와이)

요?

가와이 무라사키 시키부도 자신을 치유하기 위해 쓴 것이 아닐까요? 나는 그렇게 생각합니다.

무라카미 그처럼 긴 글을 썼다는 건 그녀에게 사연이 많았다는 것을 의미하는 걸까요?

가와이 그렇죠. 매우 사연이 많은 여성이었을 겁니다.

무라카미 가와이 선생님은 그것을 현대의 독자로서 읽고 느끼신 걸까요?

가와이 그렇습니다. 치유받기 위해서랄까, 치유하기 위해서랄까, 그 정도의 일을 해냈다는 것은 대단하다는 생각이 들어요.

무라카미 역시 가와이 선생님은 그런 책을 읽을 때 분석가로서 읽는 측면이 강하시군요?

가와이 아뇨, 그렇지는 않아요. 나는 지극히 단순하게 한 사람의 독자로서 읽을 때가 많습니다. 소설이든 영화든 그 속에 들어가서 주인공과 나를 동일시하여 일희일비하는 경우가 많습니다.

우리 시대에는 누구든지 청년기에는 소설을 읽거나 영화를 보러 갔지요. 그리고 난 다음에 서로 이야기를 나누곤 했어요. 그럴 때면 으레 비평 같은 것을 하게 되는데 나는 그게 안 되는 겁니다. 주인공과 나 자신을 동일시하고 있기 때문이죠. 내 입에서 나오는 말은 대부분 "어째서 그런 어리석은 짓을 했을까?"라든가, "그때 그것이 있었으면 좋았을 텐데"라든가, 그런 말뿐입니다. 그런데 다른 사람들은 "그 표현은 뭘 의미하는 건가?" 또는 "그것은 무슨 무슨 주의다"라는 식으로 말하지요.

나는 표현이니 주의니 하는 건 전혀 모르기 때문에, 스스로 생각해도 한심하지만, 아무튼 나만의 태도를 고수해 왔어요. 그게 지금은 오히려 도움이 되는 것 같습니다.

무라카미 그렇다면 모래놀이치료는……?

가와이 글쎄요, 즐거워하기도 하고 괴로워하기도 합니다. 모래 상자를 보는 것만으로도 몹시 괴로울 때가 여러 번 있어요. 상대의 고통이나 괴로움이 전해지니까요.

치유하는 것과 살아가는 것

무라카미 미국의 분석가들 중에는 침대 같은 긴 의자에 환자를 눕히고 이야기를 들으며 메모하는 사람을 자주 볼 수 있잖습니까? 선생님도 그렇게 하시나요?

가와이 거기에는 이유가 있어요. 이미 프로이트 등 초기 분석가들 때부터 분석을 할 때는 감정전이感情轉移, 분석에서 어떤 대상에 향했던 감정이 다른 대상으로 옮겨가는 것가 일어난다는 것을 알고 있었습니다. 여성 환자가 분석의에게 열렬한 연애 감정을 갖게 되기도 하죠. 프로이트와 함께 치료를 했던 블로일러라는 의사는 부인이 그런 감정을 질투하는 바람에 아예 분석을 그만두었다고 합니다.

그런데 프로이트는 그런 현상은 유아기의 감정이 의사에게 전이된 것이라고 할 수 있으며, 그 전이 현상을 분석함으로써 그 사람에 대해 많이 알 수 있다고 생각했습니다.

그렇다면 그런 감정이 전이된 것이라는 것을 입증하기 위해서는 의사가 환자를 한 사람의 남성 또는 여성으로 대하면 안 돼요. 의사는 환자 뒤쪽에 앉아서 메모만 하는, 완전히 중립적인 관계를 유지해야 합니다. 그런데도 환자가 분석가를 좋아하게 되었다고 하면 그것은 그 사람의 전이입니다. 그렇게 되면 "그 좋아하는 감정은 어디서 비롯된 것입니까?" 하고 분석이 가능해지는 것이죠.

한편 분석가가 환자를 좋아하는 경우도 있을 수 있어요. 그것을 '역전이逆轉移'라고 하는데, 이는 절대로 있어서는 안 되는 일입니다. 역전이가 일어나지 않으려면 분석가가 자신에 대해 잘 알고 있어야 해요. 그래서 분석가가 되기 위해 오랫동안 교육분석을 받아야 하고요. 그렇게 해서 완전히 중립적인 상태가 되었을 때 분석을 해야 한다는 것이 분석에 관한 초기 개념이었습니다.

그런데 실제 상황에서는 환자에게 여러 가지 감정이 생겨나지 않을 수가 없어요. 환자가 "선생님은 뒤에서 듣고 있기만 하면서 돈을 받잖아요"라고 하면 "그런 분노는 어디서 나왔을까요?"라고 다시 분석을 시작합니다.

그런 식으로 계속 분석당하는 건 환자가 강하지 않으면 견디기 어렵지요. 그래서 프로이트는 분명하게 썼습니다. 환자는 분석가와 함께 자신을 객관적으로 분석해 나갈 수 있을 정도로 강해야 하며, 그것을 견뎌낼 수 없는 약한 사람에게는 분석을 해서는 안 된다고요.

하지만 점점 그런 말이 통하지 않는 상황이 나타나기도 하고 더 약한 사람도 도와야 한다는 말이 나왔어요. 그러면서 '그래서는 안 된다', '분석가도 살아 있는 인간이므로 서로 감정을 가지고 대하면서 그것을 극복해 나가지 않으면 환자는 힘이 들어서 따라올 수가 없다'는 식으로 개념이 변했습니다. 분석가의 역전이에도 주목하면서 서로의 관계를 유지해나가자고 생각하게 되었습니다.

뒤쪽에 앉아서 메모하는 옛날 방식을 그대로 사용하는 사람도 있지만 우리는 보통 환자와 대면한 상태에서 치료를 진행합니다. 그리고 환자가 나를 좋아한다고 말하면 "그렇습니까?"하고 자연스럽게 대화를 나누면 되는데, 그때 나 자신의 감정을 그다지 숨기지는 않습니다.

무라카미 숨기지 않는다고요?

가와이 네, 가령 나도 그 사람을 좋아하면, 당신이 나를 좋아하는 것처럼 나도 당신을 좋아한다고 말합니다. 인간이 인간을 동시에 좋아하게 되는 것은 대수로운 일이 아니니까요…….

무라카미 아, 그런가요?

가와이 대단한 일이라고 할 수도 있고 대단한 일이 아니라고 할 수도 있지요. 하지만 어느 쪽이든 제대로 검토해야 합니다.

이처럼 서로에게 감정을 내보이면서도 우리는 그 감정을 위에서 보기도 하고 옆에서 보기도 합니다. 그렇기 때문에 지나치게 친밀한 관계가 되지는 않는 거죠.

예를 들어 어떤 여성 환자가 찾아왔는데 그 환자가 나를 좋아하고 나도 그 환자가 좋아져서 더 이상 견딜 수 없게 되면 심리치료를 그만두어야 합니다. 그것은 직업상 파탄에 이른 셈이니까요. 그때는 분명하게 "나는 직업인으로서 상담을 계속할 수 없으니까 다른 곳으로 가시오"라고 말하든가, 아니면 내가 상담을 그만두고 그 환자와 결혼을 하든가 가부간에 선택을 해야 합니다. 대충 넘어가서는 안 돼요.

그러나 심리치료를 하는 사람도 차츰 단련이 되기 때문에, 그런 식으로 웬만큼 좋아하는 것은 별로 두려워하지 않고 거기에 대해 서로 대화를 합니다. 상대를 소중히 여기면서 의논해 가는 것이죠.

이것은 조금 다른 얘기인데, 가끔 이런 말을 하는 사람도 있습니다. 당돌하게 "선생님, 쉬운 해결 방법이 있어요. 나는 선생님과 함께 자면 나을 거예요. 함께 침대에서 자고 나면 나을 테니까 어디 다른 곳으로 가요"라고요. 그러면 나는 "당신 말이 옳아요. 하지만 인간은 옳은 일만 하고 살 수는 없어요. 유감스럽지만 그 옳은 일을 할 수가 없군요"라고 말합니다. 그 사람이 잘못 생각하고 있다고는 절대로 말하지 않습니다. 인간으로서 할 수 있는 좋은 방법을 생각해 보자고 말하면 그 사람도 이해합니다. 그런데 그때, "그런 말도 안 되는 소리를 하다니!"라고 비난하는 듯한 말을 하면 그 사람은 지독한 자기혐오에 빠지고 맙니다. 자신을 몹시 음탕한 인간이라고 생각하게 되는 거죠. 상대방도 어렵게 그런 말을 꺼냈을 겁니다. 그리고 그것은 훨씬 중요한 것을 표현하기 위한 하나의 방법으로써 말하고 있는 겁니다.

그러나 낫는 것만이 능사는 아닙니다. 살아가는 것이 중요하니까요. 안 그렇습니까? 그게 중요한 부분이죠.

무라카미 저는 소설가니까 다른 사람과 대면할 필요는 없지만, 그래도 이런 경우가 있습니다. 제 소설을 읽고 자신의 문제가 매우 명백해졌다며 편지를 보내는 사람이 있어요.

가와이 글을 쓰다 보면 그런 일은 자주 일어나죠?

무라카미 "왜 내 이야기를 썼는가?"라고 묻는 사람이 무척 많아요. "어떻게 나에 대해 그렇게 잘 알고 있는 거죠?"라고 말이죠. 그런 사람들은 누가 봐도 정신적인 병을 앓고 있는 것이 분명한 사람에서부터 보통 사람에 이르기까지 다양합

소설은 작가와 독자를 동시에 치유해야 하는 것

앞서 말한 것처럼 소설을 쓰면서 작가 자신이 치유되는 경우도 있지만 동시에 작가는 독자를 치유해야 합니다. 그렇게 하지 않으면 소설이 제대로 작용하지 않습니다. 물론 독자의 어떤 부분을 다소나마 치유한다는 것일 뿐. 소설이 마법의 지팡이라는 말은 아닙니다. 어디에서나 누구에게나 작용하는 것은 아니에요.

하지만 비록 부분적이나마, 잘만 되면 그 작용이 다시 작가에게 피드백되기도 합니다. 그렇게 해서 작가 자신이 힘을 얻고 치유되기도 하는 거죠. 많은 작가는 그것을 '반응'이라고 부릅니다. 그 반응이 없으면, 작가가 오랫동안 작품을 써나가기는 어려울 겁니다.

하지만 거기에는 그와 동시에 증오의 피드백 같은 것도 있습니다. 플러스 작용의 이면에는 반드시 마이너스 작용도 있습니다. 이따금 그것이 느껴져 괴로울 때도 있습니다. 그러나 작가란 그러한 마이너스, 즉 증오도 나름대로 모두 받아들이고 소설을 써야 합니다. 그렇지 않으면 깊이가 생겨나지 않는다고 생각합니다. 그렇게 해야 비로소 진짜 작가가 될 수 있지 않을까요. (무라카미)

니다.

가와이 우리는 그런 점에서 어려운 일을 하고 있습니다. 하지만 내 병이 나으려면 나에게는 그런 게 필요해요.

무라카미 가와이 선생님께 필요한 일이라고요?

가와이 그렇습니다. 그런 사람과 만나면서 내 병이 치유되는 경우가 꽤 많으니까요. 이 일을 하지 않았다면 나는 머리가 이상해졌을 겁니다.

'낫는다'는 것

'낫는다'는 것을 깊이 생각해 보면, 뭐가 뭔지 알 수 없을 정도로 정의하기가 어렵습니다. 그러나 여기서는 병의 증상이 없어지거나 고민이 해소되는 것과 같은 단순한 의미로 말하고 있습니다. (가와이)

개성과 보편성의 차이

가와이 얼마 전에 영화 〈가이아 심포니〉를 만든 다쓰무라 진 감독과 이야기를 나누었습니다. 다쓰무라 감독은 바다 속 백 미터까지 잠수하는 자크 메이욜 씨를 만났다고 하더군요.

메이욜 씨에게 "왜 잠수를 합니까?"라고 물었더니, "나는 돌 고래가 됩니다"라고 대답하더랍니다. 잠수하기 전에 앉아서 명상을 한대요. 메이욜 씨는 체력이 특별히 남보다 강한 것도 아니고 그냥 평범한 아저씨 같은 느낌을 주는 사람입니다. 그 런데 명상을 하고 있는 동안에 돌고래가 된다는 거예요.

그는 '나는 돌고래가 되었다!'라는 생각이 들 때 물에 들어

갑니다. 그리고 아무런 장비도 없이 백 미터나 잠수합니다. 다만 아무래도 서양에서는 인명을 중시하다보니 잠수해서 들어가는 중간 중간에 의사가 잠수용 수중 호흡기를 장착하고 기다리고 있어요. 그리고 청진기를 갖다 대는 등 여러 가지 검사를 합니다.

백 미터 아래로 잠수하면 사람의 심장박동은 1분간 20이 된다고 합니다. 물론 물속이니 호흡은 하지 않는 상태고요. 그런데 그 때 피의 흐름이 달라진다고 합니다. 피가 심장과 뇌를 보호라도 하듯 그쪽을 향해 흐름을 바꾸는 겁니다. 그래서 뇌와 심장이 다치지 않는다고 해요.

〈가이아 심포니〉에는 그 밖에도 재미있는 사람들이 많이 나오는데, 산소통 없이 세계의 8천 미터급 산을 모두 올라간 라인홀드 메스너라는 사람도 나옵니다. 그 사람에게도 왜 산을 오르느냐고 물어 봤더니 같은 말을 하더라는 겁니다. "나는 산이 됩니다" "산이 되기 때문에 그곳까지 갈 수 있습니다" 라고요. 그러니 산소가 희박해도 당연히 살아 있을 수 있죠.

메이율과 메스너는 결국 거의 같은 말을 했습니다. 여기서 재미있는 것은 두 사람이 극한의 상황에 처해 있다는 것은 같지만, 한쪽은 산으로 올라가고 한쪽은 바다 속으로 잠수한다는 사실입니다. 한쪽은 더 깊숙한 아래로 내려갈 생각만 하고 다른 한쪽은 산 정상으로 올라갈 생각만 하는 거죠.

사람은 자신이 중요하게 생각하는 일을 하며 살아야 합니다. 그러나 그것을 어떤 형태로 표현하며 살아갈지는 사람마다 다릅니다. 나는 그게 개성과 관련이 있다고 봐요. 살아가는 과정에서 개인의 개성이 겉으로 나타나는 겁니다.

인간의 근본에 대해서는 어느 정도 보편성을 갖고 말할 수 있지만, 그 보편성을 어떻게 활용하는가에 따라 개성이 나타납니다. 그래서 어떤 사람은 바다 속으로 잠수할 수밖에 없고, 어떤 사람은 산 위로 올라갈 수밖에 없고, 또 어떤 사람은 소설을 쓸 수밖에 없는 거죠.

무라카미 어떤 사람은 심리치료사가 될 수밖에 없고요.

가와이 그렇습니다. 나는 아무래도 이 일을 할 수밖에 없었다고 생각합니다. 그 점이 재미있어요.

무라카미 그래서 여쭤보고 싶은데, 저도 그렇고 가와이 선생님도 그렇고 우리가 하는 일은 하나의 사회적 행위에 포함되지 않습니까? 그런데 사회적 행위에 포함되지 않는 일을 하는 사람은 어떻게 될까요?

가와이 그런 사람은 불쌍하지요. 예를 들어 살인을 함으로써 치유되는 사람이 있다고 칩시다. 몹시 불쌍한 사람이죠. 그런 사람을 만나는 것이 바로 제가 하는 일입니다. "어떻게든 사회적으로 받아들여질 수 있는 방법으로 당신을 표현할 수는 없습니까?"라고 의문을 제기하며 궁리해야 합니다. '살인'의 상징적 실현을 사회적으로 허용된 형태로 만들어나가야 하는 것이죠.

그런 의미에서 우리 직업의 경우 선악의 판단이 일반적인 것과는 달라질 수밖에 없어요. 일반적으로는 죽고 싶다고 하는 사람이 있으면 그러지 말라고 말리지요. 또 등교 거부를 하는 아이에게는 어떻게든 학교에는 가라고 말하고요. 하지만 우리들은 "학교에 가는 것도 좋고 학교에 가지 않는 것도

살인을 함으로써 치유되는 사람

'살인을 함으로써 치유되는 사람'이 정말 있는 모양이군요. 그 밖의 다른 방법으로는 결코 치유되지 않는 사람말이죠. 저는 지금 게리 길모어라는 실제로 존재했던 미국의 연쇄살인자의 이야기 《내 심장을 향해 쏴라》를 번역하고 있는데, 이 사람이 바로 그런 경우였습니다. 저자인 '게리의 동생'은 그가 어떻게 해서 살인자가 되었는지, 그 과정을 150년 전의 선조로까지 거슬러 올라가서 쓰고 검증하고 있습니다. 이 책을 읽으면 "인간의 마음은 이처럼 먼 조상까지 추궁해 나가야 하는 것일까?"라고 깊은 생각에 잠길 정도로 강한 설득력이 있습니다. 대단한 책이죠.

게리는 자신의 삶에 깊이 절망했습니다. 그 시대 미국은 이미 사형이 반쯤은 폐지되어 있었습니다만, 여론에 저항하며 스스로 총살형을 선택해 죽습니다. 저는 이 책을 번역하면서 인간에 대한 인식이 무척 많이 변했다는 느낌이 들었습니다. (무라카미)

좋다"고 말하거나 "죽는 것도 그다지 나쁘지 않다"고 말합니다. 그렇지 않으면 그들을 만날 수가 없으니까요.

그런데 심리전문가도 긴장을 풀어버릴 때가 있어요. 그렇게 긴장이 풀린 사람이 자기가 담당한 사례를 연구회 같은 데서 발표하는 걸 듣고 있자면 다들 짜증이 나고 지쳐버립니다. 발표가 끝난 뒤, 청중—그들도 모두 전문가입니다만—들도 공격적으로 질문을 하게 되어 버려요.

반면 제대로 된 심리전문가의 발표는 일반적 양식에서 벗어나 있는 것 같으면서도 하나의 선을 지키고 있다는 느낌을

살인을 함으로써 치유되는 사람

이것은 대단히 무거운 화제입니다. 그러나 심리치료를 하는 한 결코 피할 수는 없어요. '살인'이라는 것은 자기 자신을 죽이는 것 즉 자살도 포함해서 생각해야 합니다. 타살이나 자살에 의해서만 치유되는 인간이 존재하는가 하는 거죠.

그런 사람은 분명히 존재한다고 생각합니다. 그러나 그것은 어디까지나 '그 사람에게 진실'이지, 거기에서 일반적 규범이나 결론은 이끌어 낼 수 없어요. 그리고 심리치료사로서는—지나치게 낙관적이라고 할지 모르지만—그런 운명을 짊어진 사람이 어떠한 '이야기'를 만들어 냄으로써 이 세상에 살아남을 수 있게 될까, 하는 점에 최대한의 힘을 기울여야 한다고 생각합니다.

꿈속에서 자살이나 타살을 '체험'하는 사람도 있어요. 그때 깊은 감동 같은 것을 느끼면, 그 사람은 '살인을 함으로써 치유되는' 체험을 했다고 볼 수 있습니다. 나는 환자의 꿈속에서 여러 번 죽습니다—실제로는 끈질기게 살아

받게 돼요. 그런 경우에는 듣고 있어도 피곤하지도 않고 짜증스럽지도 않습니다. 그 선이라는 것이 무엇인지에 대해서는 정말 대답하기가 어렵습니다. 단순히 인간을 죽여서는 안된다는 식으로는 설명하기 힘들기 때문입니다.

　하지만 가장 중요한 것은 그 선이라는 것을 분명하게 유지하는 것입니다. 그 선 없이 환자를 대하게 되면 환자와 나, 둘중 하나가 이상해지거나 두 사람 모두 이상해지고 맙니다.

있지만요. '죽이는 것'의 상징적 실현을 향해서, 내 힘이 닿는 한 '살인을 함으로써 치유되는 사람'과 대항하고 있다고 생각할 때도 있습니다. 어쩌면 문학 작품 속의 자살과 타살도 이런 의미를 가질 때가 있지 않을까요.

나는 치료를 끝낸 어떤 환자로부터 "가와이 선생님을 만나서 가장 불행한 점은 자살을 할 수 없게 된 것입니다"라는 말을 들은 적이 있습니다. 이것은 상당히 미묘한 표현이지만, '자살에 의해 치유되는 사람'이 나를 만남으로써 굳이 '치유되지 않는' 인생을 선택하여 이 세상에 살아남게 되었다고 받아들일 수 있습니다. 이 말은 줄곧 내 마음속에 남아 있어서, 기회가 있을 때마다 심리치료의 자세에 대해 반성하는 계기로 삼고 있습니다.

어쨌든 나는 인간의 '죽음'에 관련한 일반론은 있을 수 없다고 생각합니다. (가와이)

종교와 심리치료

무라카미 가령 아사하라 쇼코_{옴진리교의 교주}라는 사람은 그 선악의 '기준선'이라는 의미에서 보면 상당히 병들어 있는 사람 같은데요, 그런 사람도 치유될 가능성이 있습니까?

가와이 그건 어떤 상담자를 만나는가에 따라 다르겠지요. 결국은 그릇이 어떤가에 따라 결정되는 겁니다. 환자보다 상담자의 그릇이 크면 환자를 치유할 수 있고, 상담자보다 환자의 그릇이 크면 불가능할 겁니다. 그렇기 때문에 정말로 인간 대 인간의 승부에요. 여섯 살짜리 아이라도 나보다 그릇이 크면 내가 지게 됩니다.

무라카미 종교가와 심리치료사, 혹은 정신과 의사는 굉장히 어려운 승부를 벌여야 한다는 말씀일까요?

가와이 그렇지요. 하지만 정신과 의사들은 과학으로 환자를 보호하는 셈이라서 '이것은 정상이 아니다', '어떻게든 약을 먹어서 치료해야 한다'라는 방식으로 접근하려 하기 때문에 우리가 하는 방식과는 조금 다릅니다.

우리의 방식은 종교가에 가깝다고 할 수 있습니다. 단지 도그마dogma, 절대적 권위를 갖게 될 철학적 명제나 종교상의 진리를 가지고 있지 않을 뿐이에요. "염불을 외우면 구원 받을 수 있습니다" 같은 말은 절대로 하지 않지요. 오히려 그 사람이 스스로 찾아내는 것을 존중합니다. 다만 그 사람이 찾아내는 것이 현대 사회와 공존할 수 있는가 없는가에 대해서는 함께 생각합니다. 그래서 환자에게서 배우는 경우가 아주 많습니다. 정말로요.

지금 아사하라 쇼코의 재판이 진행 중이지만, 이미 아사하라의 문제는 이른바 사회 문제로 다루어지고 있습니다. 다시 말하면 법률이나 사회 제도의 문제로서 말이죠. 거기에는 우리 같은 사람이 섣불리 개입해서는 안 됩니다. 사회적인 일로서 다루어져야 한다는 말이지요. 신자들에 대한 일은 이만저만 큰일이 아니겠지만요.

무라카미 신자들은 일종의 암호로 묶여 있는 상태라서 누군가가 그 암호를 풀어주지 않으면 빠져나올 수 없지 않을까요?

가와이 그렇죠. 옴진리교에 빠져 있는 사람들은 여러 가지 의미에서 모두 구원받고자 하는 사람들이지요. 그렇기 때문에 "그곳에서 나오세요"라고 말하는 것만으로는 소용이 없어요. "당신은 이제 구원받을 수 있습니다"라는 말이 있어야 나올 겁니다.

무라카미 하지만 구원받으려는 생각으로 가와이 선생님을 찾아오는 사람도 있지 않습니까?

가와이 있지요. 찾아오면 상대합니다. 그렇지만 내 쪽에서 먼저 손을 내밀 수 있는 것은 아닙니다. 그리고 정말 어처구니없는 종교들이 많아요. 불 속에 뛰어들거나, 칼 위를 뛰어서 건너는 등 정말 갖가지 종교가 다 있습니다.

문제를 안고 있는 사람은 그런 종교에 관련된 사람과 딱 마주치곤 합니다. "아하, 당신은 고민이 있군요!"라며 말을 걸어오니 깜짝 놀라면서도 따라가게 되지요. 그러면 "신통력을 보여 드리겠습니다"라면서 불 위를 뛰어다니는 등 희한한 행동을 하는데 그 모습을 본 사람은 완전히 빠져들고 맙니다.

그렇게 되면 그 사람은 나를 찾아와서 "그동안 감사했습니다. 선생님과 오랫동안 상담해도 효과가 없었는데 이제 구원해 줄 사람을 찾았습니다"라고 말해요. 그런 이야기를 들으면 어떤 상황인지 금세 알 수 있으니까 나는 "힘들겠지만 나하고 좀 더 노력해 봅시다"라고 설득합니다. 그래도 굳이 가겠다면 그냥 가게 내버려 둡니다. 그리고 "가도 좋으니까 돌아오고 싶을 때는 언제든지 돌아오세요"라고 하지요.

그런 곳에 들어가서 이것저것 경험해 보는 것이 어느 정도 치유로 연결되는 경우도 있지만, 보통은 그런 말도 안 되는 이상한 경험을 한 후에 아무렇지도 않게 사회로 돌아오기는 어려워요. 이 세상은 상식으로 가득 차 있으니까요. 그러면 다시 나를 찾아와서 "갔다 왔는데 이러이러했습니다"라고 말하지요. 그러면 나는 "그래요?"라고 이야기를 들어주면서 단계적으로 이쪽 세계로 돌아올 수 있도록 돕습니다. 본인이 굳이 그런 곳에 가겠다고 하면 내버려 두긴 하지만, 나는 비교적 신중한 사람이라서 그것이 생명과 관련된 곳일 때는 사실 걱정이 됩니다. 그리고 또 한 가지 문제가 되는 것이 돈입니다. 그래서 돈에 관련해서도 충분히 주의를 주고 어느 정도 돈을 요구하는지 물어봅니다.

노몬한에서 있었던 일

무라카미 저는 소설 속에서 초자연현상이나 초현실적인 것에 대해 자주 쓰는데, 실제로는 기본적으로 그런 것들을 믿지 않아요. 모순적이긴 하지만 전혀 없다는 생각도 하지 않고 존재한다고 생각하지도 않습니다. 그런 것 자체를 별로 생각하지 않는다고 해야 할까요.

그런데 얼마 전에 아주 기묘한 경험을 했어요. 몽골 군인의 안내를 받아 옛날 노몬한 전쟁 유적지에 갔는데, 거기는 사막 한가운데였습니다. 찾는 사람이 거의 없어서 옛날 전쟁 때 모습이 그대로 남아 있더군요. 탱크, 포탄, 밥통과 물통 같은 것들이 정말로 방금 전에 전투가 막 끝난 것처럼 그대로 있어서 깜짝 놀랐습니다. 대기가 건조해서 녹도 거의 슬지 않았던 거죠. 가져와서 고철로 사용하기에는 거리가 너무 머니까 비용 때문에 그냥 내버려 두고 있다고 하더군요.

그래서 저는 죽은 사람의 영혼을 위로하는 의미도 담아 박격포탄의 파편과 총탄을 주워 왔습니다. 장장 반나절이나 걸려서 도시로 돌아와 호텔 방에 그것을 놓아두었는데, 어쩐지 으스스하더군요. 전쟁의 흔적이 너무 생생하게 느껴졌기 때문이었을까요.

그러다가 한밤중에 문득 잠이 깼는데, 방 안이 마구 흔들리고 있었습니다. 잠이 싹 달아나더군요. 걸을 수 없을 정도로 방 안이 덜컹덜컹 흔들려서 처음에는 지진인 줄 알았습니다. 그래서 깜깜한 어둠 속을 기어가서 문을 열고 복도로 나가니까 갑자기 조용해지는 겁니다. 무슨 일이 일어난 건지 전혀 알 수가 없었어요.

이건 일종의 정신적인 파장이 맞아떨어진 결과가 아닐까 합니다. 그 정도로 제가 《태엽 감는 새》를 쓰면서 노몬한에 깊숙이 관여되었기 때문에 일어난 일이라는 생각이 들더군요. 그것을 초자연현상이라고 생각한 건 아니지만 뭔가 그런 식의 작용이랄까 연관성을 느꼈습니다.

가와이 그것을 뭐라고 불러야 할지는 모르겠지만, 나도 대략적으로나마 그런 것이 존재한다고는 생각합니다.

그런 현상이 있다는 이야기를 하는 것일 뿐, 어설픈 설명은 하지 않겠습니다. 어설픈 설명은 엉터리 과학이 되니까요. 아마 엉터리 과학이라면 포탄의 파편이 에너지를 갖고 있기 때문이라든가 그런 식으로 설명할 겁니다.

극단적으로 말하면, 내가 치료자로서 환자를 만날 때는 그때 비가 내리고 있는가, 우연히 바람이 불었는가 등등 그런 것까지 전부 고려합니다.

말하자면 보통 상식만 가지고 생각해서 낫는 사람은 나를

노몬한에서 있었던 일

우리는 일상생활에서 죽음이라는 것과 거의 직면할 일이 없습니다. 하지만 격전이 벌어졌던 노몬한 전쟁터에 가 보니 거기에 남겨진 것은 거의 죽음 밖에 없었습니다. 분명하게 느낄 수 있었습니다. 그것은 제가 처음 체험하는 일이었습니다. 이미 60여 년 전에 벌어졌던 전쟁이었고 죽음이었으나, 그 사막의 한쪽에는 지금도 생생하게 죽음의 그림자가 맴돌고 있었습니다. 그곳에 혼이 떠돌고 있었다는 것이 아니라, 저 자신이 지금 이 장소에서 죽음과 확실하게 연결되어 있다고 인식했던 겁니다. 그것이 먼 과거의 일이고 타인의 일이었다고는 도저히 생각할 수 없었습니다. 저는 그날 밤에 호텔에서 기묘한 체험을 한 것도 어쩌면 그것에 호응한 정신의 동요였을 거라고 막연하게 느끼고 있습니다. (무라카미)

찾아오지 않아요. 그러니까 나도 그런 모든 것에 마음을 열고 있어야 하고, 그러는 가운데 무라카미 씨가 말한 것 같은 일이 일어나는 거죠.

무라카미 저는 꿈도 꾸질 않습니다만…….

가와이 그건 무라카미 씨가 소설을 쓰고 있기 때문이에요. 다니카와 슌타로_{일본 현대시를 대표하는 시인} 씨도 거의 꿈을 꾸지 않는다고 하더군요. 그래서 나는 "당연한 일이지요. 당신은 시를 쓰니까요"라고 말했습니다.

무라카미 시나 소설 같은 형태로 표현을 하는 사람들은 꿈을 꾸지 않나요?

가와이 아무래도 꿈을 꾸기가 어렵겠지요. 특히 《태엽 감는 새》같은 이야기를 쓰고 있을 때는 이미 현실 생활과 소설 쓰기가 완전히 평행선 상에 있을 테니까요. 그래서 꿈을 꿀 필요가 없을 겁니다. 글을 쓰며 거기에 무리하게 꿈까지 꾸었다가는 큰일나지요.

무라카미 제 아내는 꿈을 잘 기억합니다.

가와이 부인은 꿈을 꾸시는군요.

무라카미 제가 꾸는 꿈은 딱 한 가지입니다. 공중 부양하는 꿈이에요. 공중 부양이라고는 해도 지면에서 아주 조금만 떠 있는 상태입니다. 공중에 떠 있으면 기분이 아주 좋습니다.

꿈속의 저는 어떻게 해야 뜰 수 있는지를 잘 알고 있어서 지금 해보라고 해도 할 수 있을 것만 같습니다.

가와이 무라카미 씨가 이야기를 만들어 내는 사람이니까 공중 부양이라고 해도 살짝 뜨는 정도일 겁니다. 획 하고 단숨에 높은 곳까지 올라가는 꿈은 어린아이밖에 꾸지 않습니다. 어른은 그런 꿈을 거의 꾸지 않아요.

그리고 꿈과 현실이 일치하는 일도 비교적 자주 일어납니다. 그럴 경우 꿈속에서도 확실하다는 느낌이 있습니다.

무라카미 네? 뭐라고요?

가와이 확실하다는 느낌이 있어요. 꿈속에서 X라는 사람이 죽는 것을 보고 '아아, X가 죽었다'라는 생각을 가지고 잠에서 깹니다. 그런데 잠에서 깨고 나서도 '정말로 X가 죽은 게 아닐까?'하는 느낌이 남아 있을 때가 있어요. 그럴 때는 그 죽음이 실제로도 벌어지는 경우가 많습니다.

그런데 또 꿈속에서 Y라는 사람이 죽었는데, '아아, 그 녀석이 죽는 꿈을 꾸었어'라고만 생각하고 더 이상 Y에 대해 생각하지 않는 경우가 있거든요. 그럴 때는 Y가 죽지 않고 살아 있는 경우가 많지요.

제가 이런 이야기를 하면 다들 "그런 말도 안 되는 소리가 어디 있느냐"고 하지만, 생각해 보세요. 실제로 우리가 기차

안에서 "잠깐 짐 좀 맡아 주세요"라고 부탁할 때는 믿을 만해 보이는 사람에게 말을 겁니다. 순간적으로 보았을 뿐인데도 왠지 모르게 이 사람은 믿을 만하다고 판단하는 거죠. 그리고 이 판단은 대부분 틀리지 않습니다. 가끔 잘못 짚어서 돌아와 보면 짐을 가지고 사라져 버리는 경우도 있지만요.

다시 말해서, 자신의 인생 경험을 기초로 해서 그때의 상황에서 순간적으로 전체적인 판단을 내리는 겁니다. 훈련을 하면 꿈속에서도 판단을 내리기 쉬울 것 같아서 저는 훈련을 하고 있어요.

꿈이 아니더라도 '아, 이 사람은 조금 위험하지 않을까?'라는 생각이 신빙성이 있다는 느낌을 가질 때가 있어요. 그런 느낌은 일반적인 의미에서는 근거가 없으니까 입 밖에 내지 않고 생각만 합니다. 그런데 나중에 '말을 하는 게 낫지 않았을까'라고 생각할 때도 있어요. 그런 식으로 문득 생각날 때마다 "○○ 씨, 내일은 기차를 타지 않는 게 좋을 겁니다"라고 말하면 모두들 이상하게 생각하겠지만, 믿을 만한 느낌이 들도록 점점 훈련을 하면 그 확률이 상당히 높아질 겁니다. 충분히 가능한 일이에요.

무라사키 시키부가 살던 시대였다면 모두들 그렇게 했을 겁니다.

무라카미 저는 평소에는 그렇지 않은데 소설을 쓸 때는 죽은 사람의 힘을 아주 강하게 느낄 때가 있어요. 소설을 쓰는 것은 저승으로 가는 감각과 매우 닮았습니다. 그건 어떤 의미에서는 자신의 죽음을 미리 경험하는 것일지도 모른다는 생각을 합니다.

가와이 인간은 여러 가지 고민을 안고 괴로워합니다만, 가장 근본이 되는 것은 '결국에는 죽는다'는 생각입니다. 다른 동물들은 어떤지 모르겠지만, 인간만은 자신이 죽는다는 것을 매우 일찍 깨닫지요. 그렇기 때문에 그 사실을 자신의 인생관 속에 받아들이고 살아나가야 합니다. 그것은 어떤 의미에서는 병을 앓고 있는 것과 같습니다.

이 점을 잊고 있는 사람은 마치 병을 앓고 있지 않은 것처럼 살아가지만, 죽음은 사실 줄곧 인생의 과제로 남아 있지요.

현대에 이르러 인간은 가능하면 죽음을 생각하지 않고 살려고 합니다. 인간의 역사로 보자면 매우 드문 일이지요. 그건 과학과 기술의 발달에 의해 인간이 '오래 살' 가능성이 갑자기 커졌기 때문입니다. 그런 가운데 죽음에 대해서 생각하는 것은 어려운 일이지요. 하지만 요즘처럼 과학과 기술 발달의 혜택을 입는다 한들 인간은 그리 행복하지 않다는 걸 실감하게 된 겁니다. 그렇게 되자 다시 죽음에 대해 갑자기 많은 이야기를 하게 되는 거고요.

그렇지만 인간이 마음속 어딘가에서 죽음에 대해 생각하지 않는다는 건 말이 안 되지요. 그런 점에서 헤이안 시대의 이야기에는 늘 죽음이 담겨 있다고 볼 수 있습니다.

폭력성과 작품 속의 표현 문제

무라카미 신체라는 문제와 관련해서 또 한 가지, 폭력성이 커다란 문제가 되고 있습니다. 《태엽 감는 새》에서는 그것이 크게 부각되었지요.

첫 소설 《바람의 노래를 들어라》를 썼을 때는 죽음과 섹스에 관해서는 쓰지 않겠다는 하나의 테제 같은 것을 갖고 있었습니다. 그것은 근대 문학이 섹스와 죽음에 대해 논리적으로 관여해 왔기 때문입니다.

예를 들어 제가 십 대였을 무렵에는 오에 겐자부로 씨가 대단히 큰 인기를 얻었습니다. 그는 섹스나 죽음, 폭력에 대해 매우 주체적으로 접근하며 글을 썼습니다. 그러나 제가 글을 쓰기 시작했을 때는 이미 1980년대가 되었기 때문에 그런 것과는 다른 것을 쓰고 싶었습니다.

하지만 결국 귀착점은 그것밖에 없었다고 할까, 10년 후에 《상실의 시대》를 썼는데, 그 소설에서는 섹스와 죽음만 썼습니다. 물론 오에 씨와는 쓰는 방법이 다르긴 했지만요. 그래도 여전히 폭력은 다루지 않았습니다.

그로부터 5년인가 6년쯤 지난 후에야 겨우 폭력을 다루게 되었습니다. 왜 굳이 폭력을 써야 하는가? 제 작품을 영어로 번역해주는 제이 루빈도 저에게 어떻게 그렇게 지독한 폭력이 나오느냐고 묻습니다. 주인공이 멋진 사람이기 때문에 독자들은 그에 대해 동정심을 갖고 있는데, 상대방을—설사 나쁜 사람이라고 하더라도— 야구방망이로 때려서 머리통을 깨는 것은 독자를 배신하는 행위가 아니냐, 그가 이런 식으로 의문을 제기해도 저는 거기에 제대로 대답을 할 수가 없어요.

가와이 나는 독자가 자신과 동일시해서 동정을 느끼고 있는 주인공이야말로 폭력에 깊이 관여해야 의미가 있다고 생각합니다.

무슨 말인가 하면, 나는 그런 폭력성을 갖고 있다는 얘깁

145

니다. 사람들은 모두 폭력성을 가지고 있다는 말이지요.

　폭력이랄까, 완력이랄까, 인간은 그런 것을 가지고 있었기 때문에 살아남을 수 있었던 거예요. 수렵이든 채집이든 농경이든 모두 마찬가지입니다.

　뿐만 아니라 공동체를 만들어서 다른 곳을 공격하는 것은 그야말로 폭력이란 것 없이는 가능하지 않습니다. 인간은 그런 식으로 살아온 것입니다.

　그런 가운데 서양의 나라들은 폭력을 규칙 속에 도입했습니다. 다시 말해서 그들은 공정한 전쟁이라면 해도 좋다고 생각한 거죠. 각종 스포츠도 전부 마찬가지입니다.

　무라카미　그것은 가령 그리스도에 근거한 폭력이라면 정

1960년대의 폭력성과 현대의 폭력성의 차이

생각해보면 1960년대는 기묘한 시대였습니다. '사랑과 평화'를 외치면서 동시에 폭력이 존재했고 그 모두가 우리에게 큰 영향을 미치고 있었습니다. 그때는 그것이 극히 일반적인 것처럼 여겨졌지요. 그러나 돌이켜보면 '사랑과 평화'는 '그 밖의 것'에 대한 격렬한 반항과 투쟁을 뿌리 삼아 존재한 사물의 올바른 모습이었어요. 마치 영화 〈이지 라이더〉의 마지막 장면처럼요. 물론 그것은 최후의 순간이 오면 힘에 의해 쓰러질 숙명을 가지고 있었습니다. 우리는 그 시대에 폭력이 환기하는 아드레날린의 냄새를 또렷이 맡았지만, 그것은 이미 사라져 버리고 지금은 그 때의 기억만이 남아 있을 뿐입니다.

당하다는 뜻이군요?

가와이 그렇지요. 일본에서는 그런 식의 규칙은 좀처럼 만들어 내기가 힘들지만, 그래도 어느 정도 모두가 공존할 수 있는 형태의 규칙이 존재했습니다.

그리고 일본의 경우 특히 불행한 점은 큰 전쟁이 있었기 때문에 너무 급진적으로 폭력을 부정하게 된 것입니다. 평화가 소중하다고 하면서 어린아이의 병정놀이나 칼싸움까지 전부 금지했습니다. 즉 일본의 아이는 자신이 갖고 있는 폭력성을 한 번도 체험하지 못한 채 성장하기도 하는 겁니다.

그래서 사춘기가 되면 갑자기 난폭해집니다. 뭔가 난폭한 짓이 하고 싶어서 집단 따돌림을 하기도 합니다. 집단 따돌

1960년대의 폭력은 대부분 투쟁이나 저항을 위한 폭력이었습니다. 그것이 옳은지 어떤지는 둘째치더라도 거기에는 분명히 알기 쉬운 미학 같은 것이 있었습니다. 오에 씨가 당시에 썼던 이야기는 대부분 그런 종류의 폭력성이 담긴 이야기였으며, 그 아드레날린 냄새는 젊은 독자들을 강하게 끌어들였지요. 그러나 지금의 폭력성은 그렇지 않습니다. 냉전이 끝난 후에 일어난 전쟁이 대부분 그러했듯이 폭력성은 국지전화, 분파화 되어 커다란 방향이란 것이 보이지 않게 되었습니다. 아드레날린의 냄새가 확산되었습니다. 우리는 그런 새로운 종류의 폭력성을 다시 한 번 이야기 속에 도입할 필요가 있을 것 같습니다. 말로 "이렇습니다"라고 설명하는 것이 아니라 이야기로써 말입니다. (무라카미)

림은 옛날부터 있었던 것이고 그 자체로는 그다지 우려할 만한 일이 아니라고도 할 수 있어요. 그것은 전 세계, 전 역사에 걸쳐 쭉 존재했던 일이니까요. 하지만 지금은 상대를 죽음에 이를 정도까지 따돌림을 하는 것, 그것이 문제입니다.

그 주된 원인 중 하나는 아무래도 어렸을 때부터 그런 경험이 너무 없기 때문이 아닐까요? 곤충도 죽이면 안 된다는 식이었으니까요. 옛날 우리 같았으면 개구리를 죽이거나 하는 과정에서 자연스럽게 동물을 죽이는 것은 나쁜 일이라고 깨닫게 되잖습니까? 아무튼 현대의 일본인들은 '평화'라는 것에 지나치게 얽매여 있고 또한 정신과 육체가 괴리되어 있어서 폭력을 몹시 억압하고 있습니다.

그렇기 때문에 작품 속에서 폭력성이 갑자기 나타나는 게 아닐까요? 우리가 '평화의 시대'라고 부르는 시기가 오기 직전에는 그야말로 엉망진창이었습니다. 일본의 문화, 일본의 현대는 잠재적으로 폭력을 엄청나게 짊어지고 있습니다. 폭력은 어떻게든 나타날 것이며 모두 이 점에 대해 진지하게 자각해야 합니다.

일본 사회 속 폭력의 심각성

무라카미 《태엽 감는 새》에서는 구미코라는 존재를 찾는 것이 하나의 모티프입니다. 그녀는 암흑의 세계 속으로 빨려들어가 있습니다. 그녀를 암흑의 세계로부터 되찾기 위해서는 폭력을 휘두를 수밖에 없어요. 그렇게 하지 않으면 그녀를 되찾아오는 것에 대한 카타르시스와 설득력이 사라집니다.

그 부분을 쓸 때까지는 특별히 그런 폭력을 등장시켜야겠다는 생각은 하지 않았습니다. 하지만 암흑의 세계로부터 광명의 세계로 되돌리기 위해서는 그 정도의 충격이 필요했어요. 폭력이라는 형태를 취한 일종의 반전이 꼭 필요했던 거죠.

또 한 가지, 암흑의 세계에는 오랫동안 되풀이되어 온 역사적인 폭력이 존재하고 있습니다. 예를 들면 1부 끝부분에서 가죽을 벗기는 장면이 나오는데, 왜 그런 장면을 묘사했는지 저도 잘 모르겠어요. 또 중국인 학살 장면도 나오지요. 왜 써야 하는지 잘 모르지만 저는 그런 것을 묘사하고 말았습니다.

결국 마지막에 암흑의 세계로부터 광명의 세계로 되돌리기 위해 휘두르는 폭력은 이들 역사적인 폭력에 호응하는 것이라는 일종의 개연성이 생겨납니다.

그것은 물론 나중에 텍스트를 읽고 나서 생각한 것에 지나지 않지만, 저 나름의 일종의 역사 인식 같은 것이 아니었나 싶습니다.

가와이 생각해 보면 도쿄 도지사였던 아오시마 유키오가 "세계 도시 박람회를 중지하겠다"고 말한 것도 대단한 폭력의 하나입니다. 더구나 그때까지 쌓아온 것과 호응하여 나타나고 있습니다. 현대에는 그런 폭력이 필요해요. 그런 폭력을 전부 그만두고 모두가 평화롭게 지냅시다, 같은 소리를 하고 있다가는 오히려 엉망이 되고 말 겁니다.

무라카미 결국 일본의 가장 큰 문제점은 전쟁이 끝난 후 그 전쟁의 엄청난 폭력을 상대화할 수 없었던 점입니다. 모두가 피해자라는 의식에 젖어 "이런 잘못은 두 번 다시 되풀이하지 않겠습니다"라는 매우 애매한 말만 하고 아무도 그 폭력에 대한 내적인 책임을 지지 않았던 거죠.

우리의 세대적인 문제도 거기에 귀속되는 게 아닐까 싶습니다. 우리는 평화 헌법 아래 자라난 세대지요. "평화가 제일 중요합니다", "두 번 다시 잘못을 되풀이하지 않겠습니다", "전쟁을 포기했습니다" 이 세 가지가 강조되는 가운데 성장했습니다. 어렸을 때는 그걸로 충분했습니다. 그 말 자체는 아주 훌륭한 것이니까요. 하지만 성장함에 따라 그 모순, 그

폭력에 대해서

무라카미 씨가 《태엽 감는 새》의 마지막에 나오는 폭력에 대해서 "역사적인 폭력에 호응하는 일종의 개연성이 생겨납니다"라고 지적한 것은 매우 중요한 일이라고 생각합니다. 일본인은 자신의 내부에 있는 이 폭력을 의식하고 그것을 적절하게 표현할 방법을 찾아내려 노력해야 합니다. 그렇지 않으면 돌발적으로 생겨나서 억제할 수 없는 폭력에 의해 가해자가 될 위험이 높습니다. 옴진리교 사건도 그런 식으로 볼 수 있습니다. 혹은 아무 잘못도 없는 사람이 '치료'를 위해 수혈을 받았다가 HIV 감염자가 되거나 하는 것도 '근대적 폭력'이 표출되는 것이라고 볼 수도 있습니다.

옴진리교든 HIV에 감염된 혈액이든 본래의 동기는 '폭력'이 아니라 '올바른 일'이나 '좋은 일'을 하려고 하는 의도가 작용하고 있습니다. 그런데 거기에 위험하기 짝이 없는 폭력이 관여하게 되는 것입니다. 이것을 피하기 위해서는 자신의 내부의 폭력성을 처음부터 고려하고 행동해야 합니다. (가와이)

차이가 대단히 커집니다. 그래서 1968년과 1969년에 소동이 일어났으나 결국 아무것도 해결되지 않았으며 그런 식의 일이 한없이 계속되고 있습니다.

가와이 그때의 젊은이들은 자신의 내부에 있는 폭력성에 대해 인식하지 못했을 겁니다. 자기들은 올바른 일을 하고 있으니까 폭력을 써도 된다는 식으로 단순하게 생각한 거죠.

분쟁의 시대

당시의 '학생 운동'이 어떤 의미를 갖고 있었는가에 대해서는 지금까지 여러 가지 의견이 제시되어 왔습니다. 결국 우리는 '세계는 더욱 좋아져야 한다'는 낙관주의적 기본 인식을 갖고 있었으며 그 인식을 근원으로 삼아 곧게 움직였다고 생각합니다. 당시 우리는 무엇이 악惡이고 무엇이 선善인지 분명히 알고 있었습니다. 그리고 '하나의 악을 제거하면 하나의 선이 떠오른다'라고 단순하게 생각하고 있었습니다. 예를 들면 당시 우리에게 존 레넌은 선이고, 리처드 닉슨은 악이었던 것입니다. 그렇기 때문에 거기에 단순하게 물리적으로 폭력이 들어갈 수밖에 없었지요.

그것은 물론 하나의 가설에 지나지 않지만, 제2차 세계대전 이후라는 시간의 흐름 속에서 우리들은 그 이야기를 기본적으로 믿고 있었습니다. 즉, 우리 내부에서 사회적 이야기가 개인적 이야기가 직접 연결되어 있었던 겁니다. 우리는 그런 가설적 토양을 부여받고 있었습니다.

하지만 그 이야기는 결국 '전후戰後'라는 하나의 체제의 '이쪽' 모습에 지나지 않았습니다. '저쪽'에는 어쩌면 가와이 선생님이 말씀하시는 '일본의 문화 패턴'이라는 것—아마 더욱 큰 토양—이 엄연히 존재했을 거라고 생각합니다. (무라카미)

그러나 그런 것을 뛰어넘어 작용하고 있는 본질적인 폭력성에 대한 인식이 없었기 때문에 결국 잘 되지 않았던 겁니다.

그때까지 일본인이 가지고 있던 문화 패턴을 파괴하려면 여러 가지 의미에서 커다란 폭력이 필요해요. 그런데 젊은이들도 결국에는 그 문화 패턴 속에 포함되어 있기 때문에 파괴되지 않는 겁니다. 매우 단순하고 원시적인 폭력이어서 기동대가 출동하면 끝장이 납니다.

무라카미 그렇죠, 폭력의 실력을 비교하면 그쪽이 프로니까요. 결국 제가 그만큼 오랜 세월을 들여서 폭력성에 도달했다는 것은 그런 애매함에 대한 결산이 아닐까 하는 생각도 듭니다.

그렇기 때문에 앞으로 제 과제는 역사와 균형을 이뤄야 하는 폭력성을 어디로 가지고 가느냐 하는 문제입니다. 그것은

분쟁의 시대

나는 그 시대에 학생들이 자신들이 하고 있는 행동이 얼마나 '일본적'인지에 대한 자각이 없었던 탓에 모처럼의 운동이 성과 없이 끝나가는 것이 참으로 유감스러웠습니다. 이른바 '분쟁'을 해결하기 위해, 정부가 사용할 예산의 절반이라도 좋으니까 그것으로 그때 주된 활동을 하던 학생에게 외국에 나가 차분하게 공부할 기회를 주면 좋을 텐데, 라고 당시 나는 농담 반 진담 반으로 말하곤 했습니다. (가와이)

우리 세대의 책임이 아닐까 싶습니다.

가와이 그렇지요. 폭력성을 어떻게 표현하면 좋은가, 지금의 젊은이들이 거기까지 생각을 해주면 좋을 텐데요.

무라카미 앞으로 폭력의 시대가 다시 한 번 찾아올 것 같은 생각이 듭니다. 그때 우리들이 폭력에 대해 어떤 가치관을 부여해 나갈 수 있느냐가 큰 문제겠지요.

가와이 선생님은 일본 사회가 변했다고 생각하십니까?

가와이 관점에 따라 다르겠지만 거의 변하지 않았다고도 말할 수 있겠지요. 사회나 문화 같은 것은 움직임이 매우 느리니까요.

고통과 자연

무라카미 저는 옛날부터 모든 풍속은 선善이라고 생각해왔습니다. 아니 선이라기보다 자연 그대로의 것이라고나 할까, 모든 것은 발생할 이유가 있기 때문에 일어나는 것이지 좋고 나쁨의 문제가 아니라고 말이죠. 가령 요즘 젊은이들은 끈기가 없다고 화를 내는 사람이 있어요. 저는 그것이 좋고 나쁨의 문제가 아니라 그렇게 될 수밖에 없었기 때문에 그렇게 된 것이라고 생각합니다. 그들이 스스로 선택해서 그렇게 된 것이 아니라 그렇게 될 수밖에 없었기 때문에 좋고 나쁘다는 기준으로는 생각할 수가 없어요.

그런 의미에서 저는 사회에 대해 이러니저러니 비평가처럼 비평하고 싶지는 않습니다. 다만 한 사람의 소설가로서 제가 느끼는 것을 어떤 식으로 처리해야 하는가에 대해 책임을 느끼고 있는 거죠.

지금 저는 이 현실의 공기 속에서 폭력성을 느낍니다. 하지만 좋고 나쁨이라는 기준을 뛰어넘은 지점에서 제가 느낀 폭력성을 어떻게 처리하면 좋을지, 또 제가 무엇을 할 수 있는지 생각하기 시작하면 매우 어렵게 느껴집니다.

가와이 사실은 그런 것을 조직화할 힘을 가진 사람을 정치가라고 부릅니다. 제대로 된 사회의 힘이 되도록 형태를 만드는 사람 말이지요. 그 가장 나쁜 예가 이런 면에서 아주 뛰어났던 히틀러입니다.

아무도 고통을 떠안지 않는다

"아무도 고통을 떠안지 않는다"라는 것은 어쩌면 저의 지나친 생각인지도 모릅니다. 제대로 고통을 받아들이고 있는 사람도 있을 터이고, 그건 제가 단정할 수 있는 아니지요. 하지만 평소에 많은 사람이 고통을 받아들이고 있지는 않다고 봅니다.

적어도 저는 '어쩌면 그런 고통을 받아들일 방법을 지금으로선 찾기 어려울 것 같다'고 생각했기 때문에 그런 행동에는 참여하기가 쉽지 않았습니다. 이것은 일종의 자의식 과잉이지도 모릅니다. 하지만 저는 어떤 운동에 대해

무라카미 제가 일본 사회를 보면서 생각하는 것은 아픔이나 고통이 없는 정당함은 의미가 없다는 것입니다.

예를 들면 다들 프랑스의 핵 실험에 반대합니다. 그들의 반대는 분명 옳지만 아무도 그 고통을 떠안고 있지 않습니다. 문학가의 반핵 선언이라는 것이 있었지요. 그것은 운동으로서는 나무랄 데 없이 옳은 행동입니다. 그러나 아무도 세계의 구조에 대해서 최종적인 고통을 짊어지고 있지 않다는 점을 생각하면 그것은 옳지 않은 행동입니다.

그렇기 때문에 저는 무라카미 류를 매우 예리한 감각을 지닌 작가라고 생각합니다. 그는 처음부터 폭력에 관해 분명하게 미래지향적인 글을 써왔습니다. 다만 제 경우는 폭력에 대해 쓸 때까지 시간이 걸린다고 해야 할지, 저와 그는 사회에 대해 접근하는 방식이 다르긴 하지요.

'이것은 옳은 것이니까 괜찮다', '이것은 옳지 않은 것이니까 안 된다'는 식으로 딱 잘라 결론짓지는 않습니다. 그게 아니라 '어떻게 하면 그 정당성을 나 자신의 것으로 익힐 수 있는가'라는 식으로 생각할 수밖에 없습니다. 그 정당성이 이해가 되지 않으면 쉽게 행동할 수 없습니다. 이해하는 데 긴 시간이 걸리더라도 말입니다. 저는 '어쨌든 행동하지 않으면 의미가 없다'는 식으로는 도저히 생각할 수 없습니다. 그런 태도는 어쩌면 제가 학생 때 직접 체험하며 익힌 것인지도 모릅니다. (무라카미)

가와이 선생님은 현대의 폭력성을 의식하고 계십니까?

가와이 네. 그래서 나도 이따금 작은 폭력을 쓰고 있어요.

무라카미 거짓말을 하신다거나?(웃음)

가와이 지금 나는 당랑지부螳螂之斧, 제 분수도 모르고 강한 적에 반항하여 덤 벼드는 것라고나 할까, 아무튼 커다란 상대와 필사적으로 싸우고 있다고 할 수 있어요. 어디서 '폭력'을 썼나 하고 줄곧 생각하고 있지만요. 실제의 폭력이 아니라 폭력성이라는 것을 어딘가에서 요령 있게 써나가지 않으면 재미가 없지 않을까요?

우리는 이제 어디로 가야 하는가?

무라카미 저는 노몬한 사건을 소설 속에서 다루면서 자신이 왜 그 이야기를 해야 하는가에 대해 꽤 깊이 생각해 보았습니다.

노몬한에 관한 여러 자료를 읽는 동안 저는 만약 내가 어떤 알 수 없는 힘에 의해 그 장소에 버려졌다면 어떨까, 라는 생각을 했습니다. 그때 저는 지금 제가 가지고 있는 논리성이나 정의가 어디까지 견뎌낼 수 있을지 생각하며 몹시 두려워졌어요.

제가 노몬한 사건에 대해 읽으면서 가장 강하게 느낀 것은 일본적인 혼란입니다. 군대 조직이라는 것은 본래 체계적인 것이 당연하지요. 그러나 실제로는 대단히 혼란적인 시스템이었으며, 그 점에 공포를 느꼈습니다.

　가와이 선생님은 일본 시스템의 유구조柔構造가 지닌 일종의 장점을 서구적 정합성에 대한 하나의 안티테제로 말씀하셨지요. 그건 저도 잘 알고 있습니다. 일본으로 돌아왔으니 좋든 나쁘든 저도 거기에 포함되어야만 하는 상황이지요. 하지만 저는 동시에 그 유구조에 대해 어떤 종류의 공포도 느끼고 있습니다. 그것을 어떻게 해소해 나가느냐가 저에게는 커다란 과제입니다. 그 점은 어떻게 생각하시나요?

　가와이　그 구조는 정말로 엄청난 폭력이 아니면 변할 수 없습니다. 그렇지만 펜의 힘도 하나의 폭력이지요.

　무라카미　그러나 국가라는 시스템의 폭력적인 다이너미즘에 비하면 아주 약하죠. 예를 들어 작가는 전쟁에 대해 결과적으로 아무런 저항도 할 수가 없었으니까요.

　가와이　그래도 저항해야 합니다. 이제는 자신이 할 수 있는 일을 하는 것 말고는 방법이 없습니다.

　무라카미　일본 사회는 논리적이라기보다는 정서적이죠.

　가와이　그건 그렇습니다.

　무라카미　정서적인 만큼 어떤 의미에서는 조작이 간단한 걸까요?

가와이 잘만 하면 그렇지요.

무라카미 특히 현대를 생각해보면, '우리는 이제 어디로 가야 하는가'의 문제는 사회 전체에서는 보이지 않습니다. 과거를 제대로 받아들이지 않았기 때문이지요. "다시는 잘못을 되풀이하지 않겠다"라는 논리로 경제 활동을 한 것입니다.

경제 활동을 계속하면서 부자가 되고, 수출입국이 되고, 그 결과 걸프전이 발발되었습니다. 작은 농업 국가였다면 군대를 보내지 않아도 아무도 뭐라고 하지 않았을 겁니다. 그런데 공업 국가이며 경제 활동에서 세계적으로 승리를 거두었기 때문에, 세계적인 논리 속에서 군대의 파견을 요구받은 것입니다. 그러면 결국 자기모순에 빠지고 말지요.

가와이 그렇죠. 프랑스의 핵실험만 하더라도 일본인은 거기에 반대할 권리가 없다는 의견도 있으니까요.

무라카미 그런 상황 속에서 '우리는 이제 어디로 가야 하는가'라는 일종의 방침을 결정해야 할 상황에 놓이게 되었습니다. 그것에 대해서 저는 몹시 절박한 느낌이 들어요.

지금 《태엽 감는 새》라는 소설을 되돌아보면서 차츰 되짚어본 것일 뿐이지만 저는 제 자신이 역사적 폭력을 인식하고 있고, 앞으로 나아가야 할 방향을 찾아나가야 할 지점에 서 있다고 생각합니다. 하지만 그것이 저를 어디로 데리고 갈 것인가를 생각하면 그것은 저도 잘 알 수가 없습니다.

그러나 그러는 와중에도 도덕 체계라는 의미의 모럴리티에 대해서는 매우 중요하게 생각해야 한다는 생각이 듭니다. 아까 가와이 선생님은 보이지 않는 하나의 선에 대해 말씀하셨지요.

가와이 지금 말씀하신 것과 같은 의미의 모럴리티를 어떻게 생각해야 하는가, 하는 문제는 무척 어렵습니다.

무라카미 그것을 언어화할 수 없는 것이 우리의 문제점 아닐까요?

가와이 틀림없는 문제점이지요. 사실 나는 언어화가 우리의 의무라고도 생각합니다.

무라카미 그러나 현실적으로는 언어화할 수 없는 하나의 선을 갖고 있기 때문에 많은 사람들이 가와이 선생님을 찾아 치료를 바라는 거군요.

가와이 그렇지요. 그러나 내 경우에는 경험상의 법칙 같은 것이 많아요. 그렇기 때문에 치료라고 해도 일반적인 치료와는 반대로 보이는 면이 있어요. 나 자신이 모럴리티를 가지고 노력하는 것이 아니라, 내 눈앞에 있는 사람이 본질적으로 의미가 있는 것을 생각하고 있는 동안에 우리 두 사람 사이에 서서히 선이 생기는 경우가 있지요.

내 경우로는 한 사람 일에 필사적으로 매달려 있다 보면 도리어 세상에 관해 생각해야 할 때가 있습니다. 깊이 병들어 있는 사람은 결국 세상의 병을 앓고 있는 셈이니까요. 그래서 나는 나도 모르게 사회에 대해 발언하게 되었습니다. 하지만 내 발언의 기본은 모두 개인입니다. 통계나 세상의 동정을 살피고 하는 발언은 하나도 없어요. 그저 개인에 대해서만 생각하며 발언하고 있습니다.

무라카미 가와이 선생님도 종교가처럼 제자를 몇 명 거느리고 그 경험상의 법칙을 전할 수 있을까요?

가와이 그럴 가능성은 거의 없지요. 섣불리 그런 행동을 하는 건 위험합니다. 그렇게 생각하면 그 하나의 선이 가지는 다이너미즘이 없어져 버리니까요. 개인적으로 제자를 두지 않으려고 합니다.

무라카미 그렇다면 그 경험상의 법칙은 가와이 선생님 개인 속에서 끝나도 어쩔 수 없다고 생각하시는 건가요?

가와이 그래도 자세는 전해지니까요. 하지만 아직은 잘 모르겠습니다. 좀 더 나이를 먹게 되면 제자니 뭐니 하는 말을 꺼낼지도 모르죠.(웃음) 인간은 약한 존재니까요.

맺음말

개성 있는 작가와의 즐거운 만남
가와이 하야오

요즘 젊은이들은 기운이 없다든가, 학생들이 너무 얌전하다면서 한탄하는 나이 지긋한 어른들이 많다. 확실히 그런 기분이 드는 것도 사실이긴 하다. 그러나 젊은이들의 질이 지금에 와서 특별히 낮아진 것은 아니다. 옛날에 생각하던 '반항하는 청년'의 이미지가 지금은 통용되지 않게 되었을 뿐이다.

현대의 청년을 짓누르고 있는 무거운 짐은 그 내용을 포착하기가 어렵다. 또 무엇인가에 반항하는 형태를 통해 즉각 표현할 수 있는 것이 아니다. 내가 상담실에서 만나는 청년들의 깊은 고뇌—고뇌라는 말로 표현하는 것도 부적절하게 느껴질 정도지만—를 접하면, 나에게 정말 그들을 도울 힘이 있을까 하는 생각마저 든다.

나를 찾아온 사람이 권해서 무라카미 하루키 씨의 소설을 읽게 되었다. 나는 책을 별로 많이 읽는 편이 아니지만, 심리 치료와 관련해서 전혀 생각지도 못했던 책을 읽게 되는 경우가 있다. 무라카미 씨의 작품 중에서 《양을 둘러싼 모험》에 마음이 끌렸는데 거기에는 현대의 젊은이들이 직면하고 있는 심리적 내용이 '양사나이'라는 이미지로 훌륭하게 구상화되어 나타나 있다. 이 책을 읽으면서 나는 학창시절에 좋아했던 나쓰메 소세키의 《산시로三四郎》를 떠올렸다. 시골에서 도쿄로 올라온 주인공의 모습은 시골의 대명사 같은 단바시사야마에서 교토로 올라온 내 모습과 다분히 겹쳐지는 점이 많았다. 그리고 산시로가 만난 길 잃은 양 '스트레이 쉽'의 이미지를 무라카미 씨의 '양사나이'와 비교해 보면, 현재가 얼마나 다른 세계로 변했는지 잘 실감할 수 있었다. 이 대비가 너무나도 재미있어서 졸저 《청춘의 꿈과 놀이》에 쓰기도 했으니, 여기서는 생략하기로 한다.

무라카미 씨의 작품을 차례차례 읽어가는 동안에 《태엽 감는 새》 1, 2부가 출판되었다. 이 작품은 그전의 작품과 전혀 다른 느낌이 들었다. 무엇보다도 젊은이뿐만 아니라 일반적인 현대인에 관계되는 이야기였고, 그것은 내가 전부터 생각해 오며 최근에 공표한 '이야기에 의한 치유'라는 테마에 딱 맞는 것이었다.

나는 1994년 봄에 두 달 동안 미국의 프린스턴대학교에 가 있었다. 이때 무라카미 씨는 프린스턴에서 보스턴으로 옮겨가 있었지만, 나를 만나기 위해 일부러 프린스턴으로 와주었다. 출판사인 신초사新潮社의 소개로 시작된 이 만남은 주로《태엽 감는 새》에 관해 이야기를 나누는 것이 목적이었다.

나는 임상심리학을 전문으로 하고 있어서 낯선 미지의 사람과 만나는 것은 흥미도 있고 기쁜 일이다. 하지만 예나 지금이나 낯을 가리는 편이라서 될 수 있는 대로 새로운 사람과는 만나지 않으려 한다. 그래서 평소 만나고 싶어 하던 사람과 만나도 "네, 네"하고 듣기만 할 뿐, 내 의견은 별로 말하지 않아서 편집자를 난처하게 만들기도 한다. "겸손하다"고 말하는 사람도 있지만 사실은 그게 아니라, 뭐랄까 내 생각이 사라져 버리는 상태가 된다. 그런데 무라카미 씨와 만났을 때는 그렇지 않았다. 마음껏 내 생각—생각하지 않던 것까지—을 수다스럽게 늘어놓았다. 나중에 생각해 보니까 만이틀 동안을 줄곧 떠들었던 것 같다. 아마 '죽이 맞았기' 때문일 것이다.

그런 일도 있고 해서 이번 기획에 기꺼이 참여했다.《태엽 감는 새》도 마지막이 완성되었기 때문에 하고 싶은 말이 많이 있었다. 이 책의 제목은《하루키, 하야오를 만나러 가다》이지만, 나는 "하야오가 하루키를 만나러 가고 싶다"는 기분이었다.

무라카미 씨와 생각이 비슷한 부분도 있었지만, 이러니저러니 해도 세대가 다르고, 미국 문화에 있어서도 무라카미 씨는 나보다 훨씬 심도 있게 파악하고 있어서 모든 것에 대한 감각이 새로웠다. 나는 혼란스러워 하면서도—'현대를 사는' 인간으로서 꽤 의식적으로 노력은 하고 있지만 그래도 역시 일본 땅과의 유대가 강해서—무라카미 씨의 날카로운 질문 덕분에 대화가 의외로 새로운 방향으로 진행되어 무척 즐거웠다.

일본은 지금 상당히 심각한 지점에 와 있다. 지금까지는 서양 문화의 좋은 점만을 교묘하게 받아들여 왔지만, 마침내 뿌리 부분에서 서로 부딪칠 수밖에 없는 때가 왔다고 본다. 우리들은 공통적으로 이런 생각을 가지고 있다고 생각한다.

일본 문화가 개혁을 강요당하고 있는 가운데, 곤란한 상황의 하나로 발생한 것이 인간관계이다. 인간관계를 맺는 방법을 놓고 신·구세대 간의 갈등이 생겨났는데, 그것이 가장 전형적으로 드러나는 것이 부부 관계이다. 지금까지 이어져 온 일본적인 부부 관계로는 원만한 부부 관계를 유지하기가 쉽지 않다. 그렇다고 해서 미국을 본보기로 삼으면 이혼율이 급상승할 것이다. 이혼이 나쁘다는 것은 아니지만, 미국의 부부 관계가 모범적이라고는 할 수 없다. 이런 상황 속에서 새로운 부부 관계를 모색하고 있는 동안 여러 가지 마찰이 생겨난다. 단순히 어느 한쪽이 '나쁘기' 때문이라고는 말하기 어렵다. 부부 중 어느 한쪽이 상대방을 "나쁘다"고 비난하고 있는 경우가 많기는 하지만.

부부 관계 문제로 상담하기 위해 나를 찾아오는 사람이 많아졌다. 이들도 10여 년 전이라면 '좋은 부부'로 일생을 마쳤을 사람들이다. 나는 이 사람들이 '문화의 병', '시대의 병'을 앓고 있거나, 혹은 현대 일본의 과제를 대표로 짊어지고 있다고 본다.

《태엽 감는 새》에서 주인공의 아내가 사라지는 것은 현재의 상황과 잘 들어맞는다. 많은 가정에서 상징적으로 남편이나 아내가 사라지고 있다. 그리고 이 사실을 깨닫지 못하고 있는 사람들도 있다.

마음의 병을 치유하는 것으로서 '이야기'는 참으로 중요하다. 현대는 그런 이야기를 일반인에게도 통하는 것으로 제시

할 수 없다는 어려운 점이 있다. 각자는 각자의 책임 하에 자신의 이야기를 만들어야 한다.

이상과 같은 점에서 우리 두 사람은 대체적으로 의견이 일치하지만, 그래도 각자의 개성에 의한 차이를 반영해 가면서 마음껏 대화를 계속했다. 나 개인적으로는 이 대화에서 얻은 점이 많았다. 무라카미 씨에게 진심으로 감사한다. 독자 여러분이 이 책을 읽고 각자의 이야기를 만들어내는 데 조금이나마 참고로 삼는다면 더할 나위 없이 고맙겠다.

무라카미 하루키와 가와이 하야오,
일본을 대표하는 두 지성의 대화

일본을 대표하는, 아니 이제는 한국, 중국은 물론이고 영미권에서도 인정받는 세계적인 작가 무라카미 하루키. 그는 수많은 단편, 장편, 에세이, 기행집 등을 통해 늘 새로운 시도를 하며 독자의 상상력을 뛰어넘는 비유와 특유의 감칠맛 나는 문체로 절대 다수의 독자를 확보하고 있다. 그는 작품성과 인기 면에서 타의 추종을 불허하는 보기 드문 작가라 할 수 있겠다.

일본 최초의 융 학파 분석가로서 임상심리학의 발전에 지대한 공헌을 하고, 일본 임상심리학뿐만 아니라 철학계의 대부이기도 한 가와이 하야오. 그의 연구는 임상심리·심리요

법, 이야기론·일본문화론, 어린이론·교육론으로 크게 구별할 수 있으며, 그는 각각의 연구 결과를 끊임없이 책으로 발표하는 부지런한 저작가이기도 하다.

일본을 대표하는 두 지성의 만남, 무라카미 하루키와 가와이 하야오의 대화를 책으로 엮은 것이 바로 《하루키, 하야오를 만나러 가다》이다. 이 책은 크게 보면 제2차 세계대전 이전 세대인 가와이 하야오와 이후 세대인 무라카미 하루키가 각자의 세대를 대표하여 나누는 대화라고 볼 수 있다. 제목은 언뜻 만화나 동화책을 연상시키지만, 이 책의 두 등장인물은 각자 자기 분야에서 독보적인 위치를 구축하고 심오한 사상적 바탕을 가진 일본 최고의 지성들이다. 이렇게 말하면 무거운 주제로 딱딱한 이야기를 주고받은 것이 아닌가 하는 선입견을 가질지도 모른다. 그러나 막상 책장을 넘겨보면 우리 인생 전반에 걸친 화제에 대해 아주 자연스러운 분위기 속에서 자신의 생각을 꾸밈없이 이야기하고 있음을 알 수 있다. 두 사람은 남에게 잘 보이려 무리하거나 그럴 듯하게 보이려 애쓴 흔적이 전혀 느껴지지 않는 편안한 대화를 나누고 있었다. 한 가지 신기한 것은 그런 자연스럽고 편안한 대화를 나누면서 독자들로 하여금 그들이 화제로 삼았던 내용에 대해 생각하게 만드는 힘을 갖고 있다는 점이었다.

두 사람이 처음으로 만난 것은 각자 미국에서 생활하고 있던 때였다. 여기에 대해 무라카미 하루키는 머리말에서 '외국에서 살다 보면 일본에 있을 때에는 좀처럼 만나기 어려운 분과 만날 기회가 생기기도 한다'라고 가와이 하야오를 만났을 때의 기쁨을 표현했다. 그는 가와이 하야오를 만났을 때 머릿속에 뒤엉켜 있던 실타래가 풀리고 숨통이 트이는 듯한 일종의 '치유'와도 같은 느낌을 받았다고 했다.

무라카미 하루키는 일본에 돌아와서 이틀의 일정으로 교토에 사는 가와이 하야오를 만나러 간다. 그때 두 사람이 나눈 대화를 책으로 엮은 것이 바로 이《하루키, 하야오를 만나러 가다》이다. 이 책은 당시의 대화를 중심으로 하여 부족한 부분에 제각기 각주를 달고, 또 서로의 각주에 답하는 독특한 형식을 취하고 있다.

무라카미 하루키는 많은 작품으로 독자를 매료시키고 공감을 얻고 있지만, 정작 그의 개인적인 세계는 베일에 싸여 있다는 말을 종종 듣는다. 수많은 평론과 감상에 독자들이 완전히 납득하지 못하는 것은 결국 무라카미 하루키 자신이 작품 또는 자기 생각에 대해 이야기하기를 극단적으로 삼갔기 때문이 아닐까? 그랬던 무라카미 하루키가 이 대화를 통해 자신이 소설을 쓰는 이유와 작품을 쓰면서 느끼는 갈등에 대해서 솔직하게 언급하고 있는 것이다. 이것은 독자들의 궁금증을 해소해 주는 역할을 하지 않을까 싶다. 무라카미 하루키가 이토록 솔직하게 이야기할 수 있었던 것은 가와이 하야오가 자연스럽게 내면적인 이야기를 함으로써 상대방도 끌어들이기 때문일 것이다. 이것은 직업적인 테크닉이 아닌 그의 정신세계를 이용한 컨트롤이라고 할 수 있다.

가와이 하야오는 무라카미 하루키가 말하는 미국 생활과 1960년대의 학생 운동, 옴진리교 사건, 한신 대지진의 충격을 깊이 받아들인다. 그리고 모래놀이치료의 의미와 한 사람한 사람이 독자적인 '이야기'를 가지고 살아가는 것이 얼마나 중요한지를 역설한다. 또한 두 사람은 결혼과 우물 파기, 폭력성 등 현재를 살아가는 우리가 겪는 직접적인 일에서부터 내면에 잠재되어 있는 이야기에 이르기까지 다양한 주제로 대화를 나눈다.

무라카미 하루키의 표현을 빌리자면 자신은 이론가라기보다는 실천가 타입의 작가이며 가와이 하야오는 전문적인 '실천가'라고 한다. 그는 결코 자신의 생각에 따라 상대를 움직이려 하지 않는 가와이 하야오의 자세와 그의 빠른 사고방식의 전환, 예리한 의식의 집중력에 감탄하지 않을 수 없었다고 한다.

가와이 하야오 또한 직업상 많은 사람을 만나며 상대의 이야기를 듣는 것을 선호하지만 정작 자기 의견은 별로 말하지 않아 상대를 곤란하게 만들기도 했다고 고백한다. 그랬던 자신이 무라카미 하루키를 만났을 때는 자기 생각을 거리낌 없이 이야기할 수 있었던 것을 회상하며, 상대의 이야기를 이끌어 내는 하루키의 탁월한 능력을 높이 평가했다.

두 사람의 대화는 단순하면서도 깊이가 있고 어려우면서도 공감이 간다. 책을 덮고 나면 다양한 화젯거리가 등장하는 그들의 대화에 마치 자신도 동참한 것 같은 막연한 뿌듯함이 느껴진다. 그리고 이들의 대화를 통해 평소 인터뷰를 잘 하지 않는 무라카미 하루키의 있는 그대로의 모습도 엿볼 수 있다.

덧붙여 맺음말에서도 밝혔듯이 가와이 하야오의 뜻대로 "하야오가 하루키를 만나러 가고 싶다"는 제목이 붙여졌다면 어떤 느낌이었을까 궁금해진다.

옮긴이 _ **고은진**

일본 분카여자대학 단기대학부 국제문화학과를 졸업하고 출판사에서 기획 및 편집 업무
를 담당했다. 일본어 전문 번역가로 여러 분야의 일본 도서와 영화를 우리나라에 소개하고
있다. 옮긴 도서로는《메모의 기술》《나를 변화시키는 100가지 방법》《입소문 마케팅》《유
전자와 생명복제에 관한 100문 100답》《생각하는 것을 반밖에 말하지 못하는 사람》《내게
딱 맞는 인생 만들기》《협상을 즐겨라》《정신분석이라는 이름의 인간 드라마》《녹색의 탑》
《아인슈타인의 숙제》등 다수가 있다.

하루키,
하야오를
만나러 가다

1판 1쇄 인쇄 | 2004년 10월 5일
1판 4쇄 발행 | 2013년 11월 29일
2판 2쇄 발행 | 2018년 8월 6일

지은이 | 무라카미 하루키 · 가와이 하야오
옮긴이 | 고은진

펴낸이 | 임지현
펴낸곳 | (주)문학사상
주소 | 서울특별시 송파구 중대로 38길 17(05720)
등록 | 1973년 3월 21일 제1-137호

전화 | 02)3401-8540
팩스 | 02)3401-8741
홈페이지 | www.munsa.co.kr
이메일 | munsa@munsa.co.kr

ISBN 978-89-7012-978-5 03830

이 도서의 국립중앙도서관 출판예정도서목록(CIP)은 서지정보유통지원시스템 홈페이
지(http://seoji.nl.go.kr)와 국가자료공동목록시스템(http://www.nl.go.kr/kolisnet)에서
이용하실 수 있습니다. (CIP제어번호 : CIP2017033078)